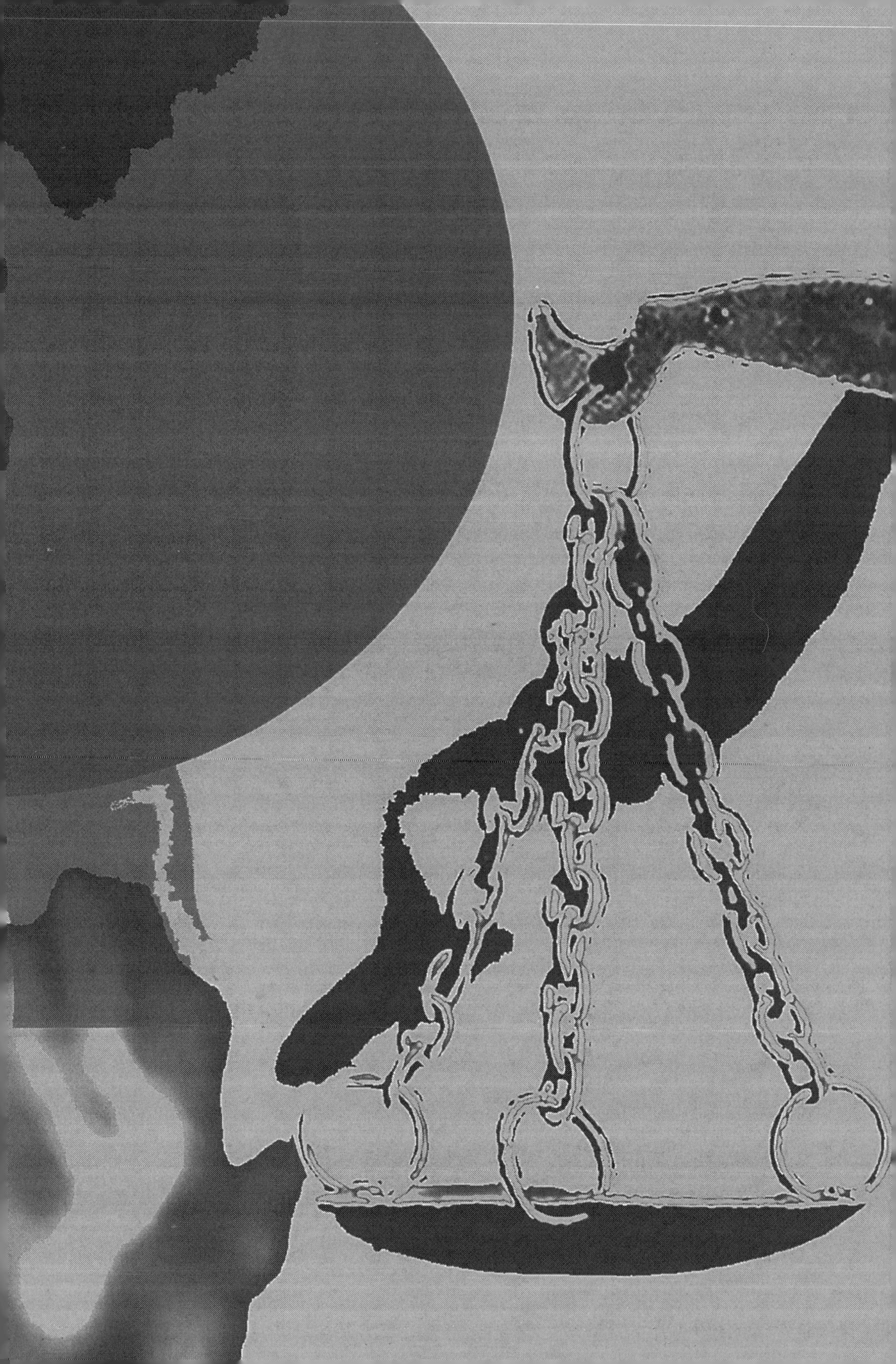

ANDRÉ GIAMBERARDINO

O ASCENSORISTA

KOTTER
EDITORIAL

Coordenação Editorial: Sálvio Nienkötter
Editor-Executivo: Claudecir de Oliveira Rocha
Editor-adjunto: Daniel Osiecki
Capa: Jussara Salazar
Design editorial: Carlos Garcia Fernandes
Produção: Cristiane Nienkötter
Revisão e preparação de originais: O Autor

Dados Internacionais de Catalogação na Publicação (CIP)
Angelica Ilacqua CRB-8/7057

Giamberardino, André
O ascensorista / André Giamberardino. -- Curitiba: Kotter Editorial, 2023.
128 p.

ISSBN 978-65-5361-164-1

1. Ficção brasileira I. Título

CDD B869.3

22-7095

Kotter Editorial Ltda.
Rua das Cerejeiras, 194
CEP: 82700-510 - Curitiba - PR
Tel. + 55(41) 3585-5161
www.kotter.com.br | contato@kotter.com.br

Feito o depósito legal
1ª Edição
2023

ANDRÉ GIAMBERARDINO

O ASCENSORISTA

À Iza

"E a catedral não era para ele apenas a sociedade, mas também o universo, também toda a natureza. Ele não sonhava com outras espaldadeiras que não fossem os vitrais sempre em flor, nenhuma sombra que não fosse a das folhagens de pedra que vicejavam carregadas de pássaros na madeixa dos capitéis saxônicos, nenhuma montanha que não fossem as torres colossais da igreja, nenhum oceano que não fosse a Paris que rugia a seus pés".

Victor Hugo em "*Notre-Dame de Paris*", Livro III, Cap. III.

*

Seu João é João Aleluia, cabineiro do Tribunal. Nasceu no domingo após a Páscoa, o domingo da Oitava, todos vestiram branco por causa da festa e a enfermeira trouxe uma Bíblia e lia alto *Quasimodo geniti infantes* que significa "como recém-nascidos", aleluia! Nasceu com saúde, criança perfeita, e ficou chamado João, João Aleluia.

No último ano, o Tribunal trocara o funcionário do xerox por uma máquina digital e automática, a agência bancária por gerentes virtuais, a senhora que cobrava o almoço dos funcionários por uma estante de pratos prontos e pagamento por *QR code* e metade dos seguranças por câmeras e portas automatizadas. Até aquele momento ninguém mencionara, em qualquer canto, a possibilidade de substituir seu João.

Ele cuidava do mais importante acesso do edifício, o elevador reservado às autoridades. Elas vinham do prédio do Governo, do próprio Tribunal e de outros Governos e Tribunais de estados vizinhos. Quando o Presidente ou o Governador estiverem no prédio, você deve bloquear o elevador e permanecer no andar em que estiverem, à sua disposição. Você deve cumprimentar as autoridades com uma saudação e meio sorriso, evitando que seus olhos se encontrem durante o translado. Você deve identificar quem não é autoridade e solicitar gentilmente que procure outro acesso ou elevador. Muito cuidado para não cometer uma gafe que pode custar seu emprego.

Como uma criança breca o olhar nos joelhos do adulto, quem chega na Praça se enfreia diante da construção faustosa. Da Praça em retângulo vê-se a Cidade toda, e em seu topo, o Tribunal. Passando a porta, dois lances de mármore esbranquiçado se entrelaçam até o piso superior. A escadaria convida a falar baixo, instiga a admirar o estilo gótico das imagens de pedra habitando as paredes. O edifício se ergue em uma ilhota abraçada por dois finos caminhos do rio que atravessa a região, circunda o Tribunal pelos dois lados e volta a ser um só bem no meio da Praça. Depois ele cai e desaparece por debaixo da Cidade.

Pela direita, também margeando a Praça, fica o Governo e, no outro lado, a Casa das Leis. Faz sempre frio dentro do prédio do Tribunal, fenômeno explicado, a princípio, pelo pé direito alto e as pedras sombrias revestindo o hall da entrada. A luz fraca encharca os vitrais. Há uma seção reformada, mais moderna, com doze andares, atrás de duas torres antigas e simétricas, construídas nos extremos direito e esquerdo da fachada com enormes tijolos amarelados. Ninguém sabia o que ia dentro delas, mas um sino sim, isso tinha, porque toda gente o ouvia tocar às dezoito horas.

Passando pelas torres e a grande porta, o visitante entrará no saguão tombado e os mais desavisados talvez nem notem a enorme pintura ocupando toda a parede à frente. A tela é uma reprodução autorizada, João ouviu dizer, inaugurada pouco tempo depois de ele ter começado a trabalhar no edifício. No centro há uma mulher envolta por um manto azul escuro e com a cabeça enrolada em tecidos claros. João chegava por ali ou pelos fundos, tanto fazia, ambas entradas levavam a seu posto especial.

Elevador, no dicionário, é apenas o que eleva, mas ele descia, subia, e descia, o dia todo, e quando perguntavam sua profissão respondia um solene “depende”. Diante do ar curioso do interlocutor completava, sou ascensorista e descensorista, muito bom em ambos.

Seu João retinha as instruções abundantes. Comprometido, competente e apaixonado por seu trabalho, ria ter um caso com a Justiça. Minha amante, então, minha namorada, ela é linda. Colecionava pequenas estátuas, balanças, símbolos, adesivos, reportagens e enfeites nas gavetas de sua casa. Nem balanças ou martelos, preferia as versões com estátua de mulher. Outras mesclavam elementos, a deusa segurando a balança, com venda nos olhos, sem venda, segurando apenas a balança, somente a espada, uma em cada mão. A justiça empunhando a espada, sua favorita, implacável, definitiva.

Seu João habituou-se a chegar cedo, em torno de sete e meia, antes de qualquer desembargador, juiz ou outros funcionários. Acordava entre quatro e cinco horas e a condução vinha lotada às seis e meia. Naquele dia, antes de sair, fez a barba. Vestiu-se como sempre e silenciosamente, camisa branca, paletó preto e gravata a variar. Vermelha escura, então. Não sabia quão longo seria o dia, se soubesse haveria cozido três ovos, ao invés de dois, e arrumaria melhor a cama e se despediria com um beijo em Daniela que dormia com a TV ligada e uma garrafa vazia nas mãos, largada na pequena sala do casebre.

*

Logo cedo chamaram seu João naquele dia quente, porque o ar condicionado não funcionava direito. Faltava poucos minutos para as oito horas e ele, bem quieto, desceu até a garagem. De cima vinha um som incomum. Com a ajuda da banqueta, apoiou-se na perna boa e subiu para remover a tampa de acesso, aprontou uma pequena lanterna que trazia a tiracolo, mexeu e remexeu em fios que pareciam soltos e viu que, conforme mexia, o aparelho ligava e desligava. Um problema de contato no disjuntor, só isso. Quando amarrou o fio que escapava da conexão, houve um baque surdo e reiniciou o giro barulhento que produz o frio. Restaurado o conforto, João voltou a seu posto e destravou a máquina. Agora sim, tudo pronto.

Lugar de lembrar, o elevador, quando faz silêncio. Bom dia, Doutor, subindo. Hoje fico no quinto, por favor, vou dar uma palavra com o Manuel. Pois não, obrigado. Até logo. Daniela nasceu de parto normal, em uma manhã fria de domingo. Quando a bolsa estourou, João viu-se tenso e nervoso como nunca na vida. A gravidez não fora fácil, descolamento da placenta, cama, repouso, três meses de recolhimento sem calmaria, sem respiro. Piorou quando a irmã dela chegou de mala cheia, e ficou. Mal reclamar podia, se do Tribunal não folgava. Viveram sempre na cidade. O casal tentou engravidar novamente, mas a idade dela ia avançada e não aconteceu. Daniela cresceu filha única com o olhar manso firme do pai, cabeçuda como ele, a mãe dizia.

Seu João teve mais de dez irmãos, mas cresceu filho único. É que caçula, nasceu após o último sair de casa e não conheceu nenhum. Buscou cedo a vida fora do interior onde seus pais trabalhavam na roça e ganhavam rugas. Veio à Cidade morar com o tio. Com doze anos erguia paredes, fazia cimento, carregava tijolo. Aprendeu com o primo que as oportunidades exigiam empenho e esforço físico, suor, tanto quanto a recompensa pelo trabalho pesado. Seus vinte anos voaram em meio aos canteiros de obra, recebendo por semana, quando muito, e ganhava distância a ideia de universidade, curso superior, mais longe, um pouco por dia, até virar memória adormecida. Do finado engenheiro civil ficou a meta de juntar um dinheirinho e comprar uma betoneira, assumir um negócio próprio de construção e se tornar mestre de obra.

Bom dia, doutor Cláudio, como está essa manhã? Agitada, João, agitada, gabinete do Presidente, por favor. Pois não. Cláudio Fontana, pessoa das mais importantes em sua vida, sempre um prazer o encontrar. Aconteceu que o novo futuro de João na construção civil terminou com a fundação de um prédio comercial, negócio bom, quinze andares, trabalho e salário por um ano inteiro. Seu primo fora contratado como terceirizado pela empresa responsável, sem registro, eis que em uma segunda-feira cinza parte de uma viga não aguentou o peso, a ferragem fraca, alguém disse, e um imenso bloco de concreto caiu em cima de sua perna. João jamais se recuperou da fratura. O patrão ajudou com as despesas do hospital e depois o deixou sozinho com a boa sorte. Ficou manco da direita. O médico de bigode branco dissera, com pausas, você não poderá assumir qualquer trabalho que carregue nas pernas. Chovia, muito quente, e as pessoas aguardando a consulta aglomeravam-se no postinho. Um inferno. Quis chorar saindo da sala do doutor, olhando para o chão e pedindo licença até a porta. Chegou encharcado em casa, resfriado, além de manco. No alto de seus trinta e poucos anos e inválido para o trabalho. Sem estudo, o que faria agora?

O elevador desceu e abriu no andar térreo. Não havia ninguém além do ar frio da rua misturado ao cheiro antigo que vinha do saguão de entrada. Doutor Cláudio parecia tenso. Ele o ajudou quando mais precisou. Dias depois da retirada do gesso de sua perna, viu no jornal um anúncio de vagas de cabineiro no fórum de pequenas causas, só uma quadra de casa. Exigia-se bom porte e boa apresentação. Não conhecia bom porte, mas se considerava bastante apresentável. Animou-se com o salário bom e o vislumbre de passar a maior parte do dia sentado e sem movimento.

Ao fazer a inscrição, João omitiu sua experiência como auxiliar de construção. Seguindo os conselhos da simpática senhora que lhe atendeu, colocou somente "serviços gerais". Em três dias, ligaram para marcar a entrevista. Rua do Piso, Fórum de Pequenas Causas, décimo andar, esqueceram de dizer também prédio velho, apertado, abarrotado de gente esperando, gente sentada, em pé, encostada na parede, enquanto um rapaz de camisa branca gritava nomes para ver quem estava e quem faltava. Atravessou a confusão e tomou o elevador indicado. Três cadeiras de plástico pregadas na parede, ao lado da porta, enfeitavam o ambiente, assinalando onde sentaria aguardando o chamado.

Quinze minutos depois, ouviu seu nome e o trinco girar. João entrou e cumprimentou o jovem que abrira a porta. Tinha mais ou menos a sua idade e usava camisa polo e um crachá. Sentado em uma poltrona gorda atrás da mesa, um senhor de terno cinza escuro e gravata, de óculos, sem crachá, em silêncio, muito sério, lia papéis. Uma estante de livros preenchia a parede e uma grande janela de vidro olhava a rua. Apenas o rapaz de camisa o cumprimentou.

"João Aleluia, esse é seu nome completo, correto?"

"Sim senhor, é que nasci na Oitava de Páscoa e –"

"Seu formulário indica experiência em serviços gerais, poderia por favor ser mais específico?"

"Ser mais o quê?"

"O que você fazia?"

"Trabalhei por alguns anos no setor de construção civil, senhor".

"E por que parou?"

"Sofri um acidente e tenho complicações com a perna direita, senhor. Por isso é que, com todo o respeito, esse emprego seria perfeito para mim. Eu poderia ficar sentado o tempo todo".

"É casado? Tem família?"

"Sim senhor, sou amasiado, não temos filhos ainda, queremos muito, talvez se chame "

"É alfabetizado, correto? Sabe ler e escrever?"

"Sim, senhor, inclusive gosto muito".

O senhor de gravata parou de folhear seus papéis, levantou os olhos por detrás dos óculos sem mover a cabeça e perguntou "gosta de ler o quê?", ao que seu João respondeu a Bíblia, autoajuda e histórias de crime e justiça. O homem sorriu na metade esquerda da boca e disse "eu também". De alguma forma, João percebeu, o rapaz ficou mais gentil com ele. Boa sorte, entraremos em contato, o elevador é por ali. Obrigado, até logo, senhores.

No dia seguinte ligaram dizendo, em câmera lenta, a frase boa de ouvir: boa tarde, você ficou em primeiro lugar no procedimento de seleção, tem interesse na vaga?

Começou na outra segunda-feira. O mesmo funcionário de crachá que o entrevistara apareceu para explicar como a coisa funcionava. Me chamo Tadeu, muito prazer – de fato, não tinham se apresentado – e o senhor será o ascensorista do primeiro elevador da torre administrativa do Fórum, que é logo ali. O horário é da abertura do prédio, às 9 horas, até o fechamento ao público, às 18 horas. O senhor tem uma hora para almoçar no refeitório que fica no prédio anexo e pode ser acessado por aquela escada à esquerda. Recomendo que aproveite esse tempo para usar o banheiro, que fica ao lado da escada. No mesmo corredor, você vai encontrar a sala em que deverá bater o ponto, sempre, antes e logo após sair do posto, e também quando deixa o elevador para almoçar e quando retornar. Alguma dúvida até aqui? Não, senhor. Não se esqueça de bater o ponto.

Vamos lá, prosseguia Tadeu, enquanto subiam ao décimo andar e iam até a sala da entrevista. O mesmo senhor engravatado levantou e, mais sorridente, o cumprimentou. Esse é o Diretor do Fórum, doutor Cláudio Fontana. Seja bem-vindo, senhor João. Muito obrigado, senhor, até logo mais no elevador. João só quis agradar, mas Tadeu apertou os lábios e depois, no corredor, avisou duas coisas: primeiro, os juízes devem ser tratados por doutor, não senhor, e segundo, o doutor Cláudio usa outro elevador, não esse em que você vai trabalhar. Alguma dúvida até aqui?

Soube depois que o doutor Cláudio gostara dele, mandara levantar tudo sobre sua vida e se solidarizara com a situação do acidente. Sem dúvida, devia a ele o emprego. Em menos de um mês, por determinação do doutor Cláudio, João deixou o elevador de atendimento ao público e passou a cuidar do elevador privativo do Fórum, destinado somente a autoridades. Tadeu mostrou-se outra vez. Espécie de chefe geral dos funcionários, foi incumbido de auxiliá-lo na primeira semana. A missão mudara completamente, os conselhos e orientações reproduziam-se. Tem que ser educado, e o mais importante, ficar calado. Jamais, em hipótese alguma, iniciar qualquer tipo de conversa. Apenas responda a comentários e perguntas, se houver. De preferência sorrindo, mas não muito. Recebeu uma folha repleta de nomes e números de andares, salas, horários, a tudo fixava, repetia quieto, em exercício, para em pouco tempo conhecer o destino dos que trabalhavam no local. Prometeram-lhe a ascensão na carreira "conforme seus cabelos fossem ficando grisalhos" – ele nunca esquecera disso, e fazia sentido, pois agora seus cabelos eram brancos como o sal e ele ocupava a função que sempre desejara. Bastaria uma reclamação e estaria fora, entendido? Sim, senhora, sim, senhor, a advertência repetida à exaustão, todos os meses.

João sabia, sua bagagem mais valiosa moldava-se pela experiência granjeada ao longo dos anos. Foi muito bem, disso não duvidava. Repetia a si mesmo com orgulho que, em trinta anos de carreira, nunca se aperreara uma vez sequer. Com a promoção do doutor Cláudio veio a sua também, saíram juntos do Fórum de Pequenas Causas para outro prédio que lidava com conflitos de família. Algum tempo depois, chamou-lhe em sua sala e perguntou se gostaria de trabalhar no Tribunal. "O Seu João não dá problema, é educado, fala pouco, sabe dar informações, sim, sim, isso", ouviu ele dizer ao telefone, na sua frente, nunca soube a quem. Deu certo e, vinte anos depois, continuava no Tribunal, ao menos dez naquele elevador especial, graças ao doutor Cláudio.

A porta do elevador abriu novamente, na garagem, para um elegante e calvo senhor de baixa estatura, de olhar preocupado e bigode branco.

"Bom dia, Presidente. Como vai?".

*

"Não aguento mais aquele velho, cara. Eu devia ter feito algo, sei lá, denunciado ele pra polícia."

"Denunciado por que, tá maluca, Dani? É seu pai".

"Mamãe ficou doente por causa dele, sabia? Tenho certeza".

"Ela tinha uma doença grave, meu bem".

"Teve foi estresse, depressão, solidão. A gente era muito chegada."

"Eles brigavam muito?"

"Brigavam. Gritavam. Eu botava a cabeça embaixo do travesseiro pra não ouvir. E às vezes eu via uns roxos no braço dela, na perna também".

"Você acha?"

"Tenho certeza. É um velho filho da puta".

"Quando você vai contar pra ele?"

"Contar o que, da gente? Você tá doida? Ele nunca vai entender. Não posso contar".

*

O Presidente do Tribunal cumpria seu último ano de mandato e o elevador ouvia muitos resmungos e conversas sussurradas sobre ele.

"Viu a última do Nestor? Mandou projeto de lei para aumentar as custas sem passar pela Cúpula Adjunta".

"Não tem nenhuma mulher na equipe dele."

"Ele foi extremamente grosseiro com aquele jovem advogado, na sessão de ontem".

"É uma liderança difícil, mas necessária nesses tempos em que vivemos".

Vinha acompanhado do doutor Matias, desembargador, também sério e preocupado. Bom dia, Presidente. Bom dia, Doutor. Não responderam dessa vez. João calou-se e fixou o olhar nos botões à frente.

Como o João Carlos vota hoje, você sabe? Não faço ideia, ele não abre o jogo com ninguém. O Governador me ligou hoje cedo. Preocupadíssimo. Imagino. A porta abriu e eles saíram. Seu João havia aprendido que diferente da saudação da entrada, quando é recomendável o cumprimento sereno e oficial, não se deve tomar a iniciativa da despedida. Se os doutores lhe dissessem "obrigado" ou "até logo", a resposta adequada seria um sorriso contido, construído. Apenas no caso de um diálogo mais direto durante a subida ou a descida é que o ascensorista poderia verbalizar a saudação final.

É uma arte essa de saber calar. Quando e como calar. Sem dúvida uma das principais habilidades aprendidas na profissão e aperfeiçoada ao longo dos anos. Passara por pelo menos nove ou dez Presidentes diferentes, vários Governadores, em momentos de glória e dificuldade, e sua posição lhe ensinara que a temperatura política lhe atingia. Em momentos de maior tensão, sua discrição aumentava na mesma proporção.

Tempos antes, quando ainda havia outros ascensoristas no Tribunal, seu João foi convidado a participar do evento de boas-vindas e dar seu depoimento na qualidade de mais antigo funcionário da instituição. Subindo ao púlpito ele ressaltou, cheio de si, que cada um deveria procurar compreender a hora certa de ficar invisível e, sobretudo, entender que tal decisão não lhe pertencia. A rigor, seria algo a ser "sentido no ar", no ambiente, como que a partir de um sexto sentido. Místico e pensativo, seu João ainda discorreu sobre a relevância da função no Tribunal.

"A Justiça precisa de nós. E vou explicar por quê. As pessoas que transportamos são especiais. Elas foram ungidas com a responsabilidade de levar Justiça a nós e a toda a sociedade. Quando chegam no Fórum, ou no Tribunal, tudo deve estar organizado para que nada as distraia ou desvie a atenção. É um peso muito grande. Imaginem uma Igreja. O Padre tem que transmitir a Palavra de Deus. Por acaso ele terá que se preocupar em organizar o altar, trazer todos os materiais, varrer a porta?"

João não esquece esse dia, preserva-o na memória afagado pelos aplausos e elogios, como uma foto preferida guardada na gaveta, se quiser olhar e lembrar, lá está. O que João não contou aos novatos é que havia adquirido, com o tempo, certa curiosidade particular sobre os principais casos em andamento na Corte. Certamente não faria essa recomendação a nenhum outro cabineiro, sopesado o risco de tal conduta. Guardava as informações como um segredo valioso, parte integrante de sua relação amorosa com a instituição. Diariamente lia o jornal local com atenção e muitas vezes chegava mais cedo para olhar a pauta das sessões. Sabia que às terças-feiras havia sessões da área criminal, que às quartas-feiras ocorriam os julgamentos da área cível e que às quintas-feiras, sempre um dia importante, havia Sessão Especial da Cúpula Adjunta da Corte.

Não entendia tudo, mas captava o essencial. Naquele dia, por exemplo, sabia da importância dos assuntos em pauta. Ouviu na rádio logo cedo que algumas ruas em torno à Praça estariam bloqueadas para uma manifestação de protesto contra uma nova proposta de lei do Governo que aumentava o tempo de trabalho para dez horas por dia. Ou algo assim. Quando chegou, não viu movimento nenhum, somente alguém ao longe vociferando em um microfone.

Regras curiosas de etiqueta se impuseram no Tribunal ao longo dos anos. Embora não escritas em lugar algum, todos as conheciam e respeitavam. Proibido usar vermelho, seja na gravata, vestido ou em qualquer item do vestuário, em dias de sessão cível, quando os casos julgados tratavam de brigas de família, casamentos desfeitos, pedidos de indenização, contratos contestados, terrenos ocupados, tantos assuntos. O vermelho irritava as pessoas e dificultava a resolução dos conflitos. Às terças, dia das questões criminais e em que a Corte julgava apelações, revisões de sentenças e pedidos de liberdade de bandidos, não se devia usar verde. Quinta, dia de Sessão Especial, tons de cinza afiguram-se mais apropriados, de preferência escuros, porque sobriedade significa respeito. No início da Sessão há sempre a execução de um hino de louvor à justiça, simbolizada por uma estátua de mulher, vendada, segurando a balança e a espada, uma em cada mão. Ela fica em um púlpito de mármore e acima dela paira uma enorme cruz. Acima da cruz, na parede revestida por madeira nobre, há um quadro com um versículo bíblico: "Mas tu estás cheio do juízo do ímpio; o Juízo e a Justiça te alcançam".

A subida da garagem até o gabinete do Presidente demorava perto de vinte segundos. Há um mecanismo acionado por seu João para que, em sua presença, o elevador não pare em nenhum outro andar, mesmo se chamado. O elevador estacionou no último andar. Através do espelho, do lado oposto, conseguia ver a sala de espera do Gabinete Presidencial. A secretária do Presidente, ao telefone, andava em círculos com uma folha na mão e repetia em voz alta diversos nomes de desembargadores importantes da Casa. Deu-se conta de que bloqueara o elevador e, logo após apertar o botão da trava, a porta fechou e ele desceu.

*

"Sabe o que mais me faz sentir saudade da mamãe? Esse vento frio. A gente ficava sentada tomando chimarrão, no meio-fio, e batia esse vento gelado. Tá sentindo? Aí eu me enrolava em um cobertor ou no casaco, me enfiava um gorro, só o rosto ficava no vento."

"Ainda não me acostumei com o frio que faz aqui".

"Sempre faz. Não é como naqueles países, sabe, que faz metade do ano calor e metade do ano frio. Todo dia faz um pouco. Eu gosto. Senta direito senão você cai, cuidado que é alto. Passa o cigarro, quero mais um. Uma vez, fomos passar uns dias na praia, era inverno. Papai sabe como é, ficou resmungando e nem o pé na areia quis colocar. Mamãe entrou comigo na água. Fiquei azul. Peguei uma gripe braba depois. Papai só faltou me xingar, mas trazia chazinho na cama pra passar a febre. Não sei por que lembrei disso agora."

"E o que vamos fazer depois? Você decide. Hoje você decide tudo".

"Sei lá, vamos ficar aqui mais um pouco. É tão bonito, olha como fica a Cidade à noite. Esse vento. Será que muda tudo com dezoito anos, como dizem? Nunca dei muita bola pra essas coisas".

"Acho que a gente está sempre mudando. A gente conta os anos pra não se perder no caminho".

"Bonita essa, hein? Gostei. Bom, agora posso dirigir. Um dia compro um carro, quem sabe. Papai e mamãe tiveram um carro só, um azul escuro, de duas portas. Era pequeno, mas cabia nós três e a bicicleta. A gente teve que vender pra pagar uma parte do tratamento. A porra da carência do plano de saúde. Não quero lembrar dessas coisas".

"Não lembra não. Acende aqui pra mim. Cuidado pra não cair".

"Aproveita e me dá um beijo. Tô feliz. Tô sentindo que tudo vai dar certo. Tudo vai ficar bem".

"Vai ficar tudo bem".

*

A secretária chama-se Clarissa, elegante jovem senhora de quarenta anos, um metro e sessenta, sempre bem arrumada com seu terno cinza escuro e camisa branca e o cabelo cacheado na altura dos ombros, atrás de grandes óculos arredondados. Pessoa de confiança do Presidente, ocupava a função há dois anos e ganhara o direito de também subir pelo elevador privativo, desde que fosse chamada. Muitas vezes ela descia com ele até a garagem, anotando ou recitando os compromissos do dia, e depois voltava ao gabinete.

Seu João, seu João, tô de olho em você, viu?, ela brincava quando se entreolhavam pela porta aberta do elevador. Às vezes sentavam juntos para almoçar no refeitório. Até a morte de Rosana não se falavam muito. Elas eram amigas e Clarissa mantinha com João uma relação distante. Rosana pediu que a amiga prometesse ficar por perto e cuidar da Daniela. Aquela menina precisa de alguém para conversar, para olhar, estar perto, não sei se o João faz isso. Clarissa olhou para baixo, não gostava desse tom de despedida. Hesitou e perguntou se ela não tinha uma madrinha, uma tia, algo do tipo. Mas com o suspiro doído de Rosana não conseguiu desviar. Segurou sua mão e disse claro, amiga, conta comigo.

Daniela gostava dela, do seu jeito. Na primeira conversa que tiveram após o enterro, Clarissa viu Daniela andando na rua no meio de um sábado à tarde e a chamou. Daniela!

"Oi. Você me assustou. Tá me seguindo?"

"Claro que não. Te vi passando. Como você está? Como está seu pai?"

"Indo, né. Eu tô tranquila. Meu pai, não sei, pergunta pra ele".

"Quer tomar um café?"

"Obrigada, mas tenho um compromisso agora, uns amigos estão me esperando".

"Sabe que quando precisar é só chamar, né? Como está na escola?"

"Na escola? Tô terminando o supletivo. Daí vou tentar entrar na universidade".

"Isso é ótimo. Qual curso?"

"Qualquer um. Preciso ir, até".

Paradas na esquina entre duas avenidas, despediram-se. Clarissa se levantara, mas fazia calor e ocupava a mesa de um café na calçada. Dali conseguia ver Daniela descendo a rua, a passos rápidos. Pensou "por que não?" e resolveu acompanhar onde ia essa menina. Deixou uma nota de dez em cima da mesa e passou a segui-la com os olhos, de longe, caminhando lentamente do outro lado da rua.

Clarissa tropeçou no salto na descida, atrapalhou-se. Quem nunca tentou não sabe como é difícil descer uma rua movimentada com os olhos focados em alguém que caminha a uns cinquenta metros de distância e do outro lado do asfalto. Garoava. Algumas pessoas sacaram seus guarda-chuvas, tornando a tarefa ainda mais difícil. Trinta passos mais e parou. Está ficando esquisito aqui. Perdi a menina. Não via mais Daniela. Clarissa entrou embaixo de um toldo grande de uma padaria e sacou o telefone celular para ver as horas. Distraiu-se por dois minutos e resolveu voltar. Quando levantou a cabeça, viu Daniela saindo de uma rua sem saída, uma espécie de beco, do outro lado, bem na altura do local. Caminhava no sentido de volta, a passos rápidos e firmes. De repente começou a correr e acenar para o ônibus que encostava no ponto. Clarissa entrou novamente na padaria.

"Senhora. O que tem ali do outro lado da rua?"

"No beco?"

"Sim".

"Gurizada aprontando, por quê?"

"Aprontando como?"

"Ficam de namorico e sem-vergonhice, não sabe? E tem droga no meio também. Outro dia a polícia deu uma batida ali e levou dois embora. Essa molecada de hoje em dia tá perdida. Falta Igreja, família, no meu tempo não tinha essa liberdade toda não. Quer um pingado? Saiu agora, é cortesia".

*

A regra manda que o elevador esteja limpo pela manhã e a faxina chega antes do alvorecer, um caso particular de implicância de seu João. Nunca limpam direito, fica um fio de cabelo aqui, a poeira reunida acolá. Os sinais de gordura reluzentes contra a luz, fico doido. Por isso ele carrega consigo pacotes pequenos de toalhas umedecidas que complementam o asseio, caso julgue necessário. Naquele dia, João encarava uma mancha de café seco no chão, do lado aposto à sua banqueta. Não conseguia resolver porque a porta do elevador abria e fechava continuamente. Perto do almoço, João ouviu o ruído das pessoas passando com pressa pelos corredores. Uma certa confusão começava do lado de fora do Tribunal.

Acho que vão nos liberar mais cedo, se souber de algo te aviso, disse a colega da copa ao passar pela porta aberta, no andar do refeitório. Tem gente com gasolina e querosene, ai meu Deus se quiserem atear fogo no prédio, falou a cozinheira agitando as mãos e uma toalha.

"Você sabe o que está acontecendo?", João aproveitou que Clarissa sentou na sua frente com a bandeja e o prato de comida e perguntou. Ela comendo alface e duas colheres de grão de bico. Ele, feijão e frango.

"Você sabe que não posso ficar falando", ela respondeu.

"Só tem a gente aqui na mesa. Você acha que eu não escuto coisas também?".

"Olha, tem a Sessão Especial né? Só sei que o doutor Nestor pediu para ligar para todos os desembargadores que são do lado dele. Ficou horas no telefone. Mas não sei do que se trata não. Você sabe?".

"Não é a história das dez horas de trabalho? Acho que o Governo quer que vote a lei e alguém entrou na Justiça para impedir. Deu na rádio hoje cedo".

"Sabichão. Sabe que eu amo esse lugar e o doutor Nestor, mas se tiver que ficar mais tempo aqui todo dia eu vou naquela sacada ali, ó, e pulo, pulo mesmo".

João engoliu a comida e retornou a seu posto. Uma hora antes da sessão seu elevador movimentava-se acima do normal. Primeiro foi o desembargador Amaral e o desembargador Lacerda subindo e descendo ao menos três vezes em andares com outros gabinetes, pois a sessão seria no Salão Nobre de Atos que ficava no penúltimo andar. Também a desembargadora Lucimara. Seu João, como vai? Muito bem, Desembargadora, obrigado. Me diga, por acaso o doutor Antônio Carlos já chegou? Ainda não, Doutora. Então peça que vá imediatamente a meu gabinete quando ele chegar, ok? Estou aguardando. Pois não, Doutora.

Quando deu o horário, seu João imaginou que o Presidente fora de escada, afinal se ouvia os primeiros hinos de louvor e ele ainda não passara por ali. Tocaram ao longe os acordes de *O nosso General é Cristo* e fechou os olhos, participando. *Glória a Deus, vencemos a batalha, toda arma contra nós perecerá.* Depois, silêncio. Por ao menos duas horas, tudo parou. Conseguia ouvir, ao fundo, o som de buzinas e um alto falante, mas não entendia o que diziam.

De olhos fechados por instantes, ruminou a imagem da filha dormindo no sofá. A voz dela encheu seus ouvidos. Velho, você é um pé no saco, sabia? Não fala assim com seu pai. Me deixa em paz. Já disse pra não falar assim com seu pai. Abaixa esse dedo, dá licença, tô saindo. O elevador é um indutor de lembranças para quem não pode sair dele quando quer. Quando ela completou dezesseis, dois anos antes, apareceu de calça jeans bem justa e barriga de fora para encontrar as amigas. Assim você não vai em lugar nenhum, viu? Ah, vai me impedir? Ah, se vou, você venha aqui. Solta meu braço, tá doendo. Entra no quarto e muda essa roupa. Ouviu a porta bater e o baque de um chute forte no pé da cama.

Soube que a reunião terminou quando o elevador abriu e entrou o desembargador Antônio Carlos e a desembargadora Lucimara. Ele respirava nervoso, ela pediu o segundo andar.

Canalha, canalha! Acalme-se, já vamos conversar. Saíram. Retornando ao penúltimo, entrou o Presidente, vermelho como um tomate, e o doutor Cláudio. É um imbecil. Não sabe o que faz. Seu João permaneceu quieto e com olhos no chão até os dois saltarem ao corredor.

*

Doutor Cláudio não tinha a cara boa. Risonho como é, a coisa hoje deve estar séria. Certa vez, no Fórum de Pequenas Causas, ele entrou no elevador no final da manhã, com os olhos vermelhos. Parecia muito triste. Foram longos segundos em silêncio até seu andar. Quando chegou o intervalo do almoço, seu João deixou o edifício, atravessou a rua, entrou na livraria evangélica da esquina e comprou um livro sobre a cura pela Palavra. Embrulhar para presente, pediu. Antes do intervalo terminar, bateu à porta do doutor Cláudio e ele mandou entrar. Fumava na janela e ficou surpreso. João! Em que posso ajudar?

"Trouxe algo para o Doutor, e deixou o livro embrulhado sobre a mesa".

Ele se aproximou, abriu, sorriu. "Você é um bom homem, João. Obrigado."

"Todo mundo tem problema às vezes, Doutor. Quero que saiba que sou muito grato pela oportunidade de trabalhar aqui, na Justiça".

"Obrigado mesmo", e doutor Cláudio finalizou a conversa com um forte aperto de mão.

Como que subindo uma longa escada, degrau após outro, seu João e doutor Cláudio criavam uma relação, digamos, alguns graus mais próximos do que poderia ser chamado confiança ou cumplicidade. Nos percursos de sobe e desce e desce e sobe, doutor Cláudio perguntava como estava a família, a esposa e a filha, tudo bem, que bom, meu pequeno diz que quer fazer Direito, igual o pai, e através de pequenos gestos, olhares e meias-palavras um buscava expressar alguma afeição pelo outro, respeitando sempre, é claro, a zona de segurança.

É um homem bom que sempre poderá me ajudar, sabia João, ele tinha mulher e dois filhos que apareciam no Fórum toda semana e subiam pelo elevador privativo, será que pode, eles não preenchem os critérios, o tipo da coisa que não se deve perguntar, mas é claro que estava tudo bem, e isso também João aprendeu rápido. Daniela e Rosana nunca quiseram vir aqui, elas são envergonhadas, o mais perto que chegaram desse prédio foi uma vez que nos encontramos na esquina para ir no banco sacar um dinheiro.

"Ei, João, nunca vamos conhecer esse doutor que você fala tanto, não?", Rosana curiosa. Ela insistiu tanto que uma vez João convidou doutor Cláudio para a festinha de aniversário de Daniela. Fazia sete anos e a festa saía mais elaborada e cara que de costume, ela, única filhinha, queria muito convidar os colegas da escola e o tema foi Cinderela. O pai economizou, parcelou, comprou bolo e conseguiu um salão amplo na igreja perto de casa. Quando doutor Cláudio entrou no elevador, de manhã, seu João tirou o convite do bolso do paletó. Doutor, queria lhe entregar uma coisa, ele distraído e saindo ao corredor, o que é normal, pois são poucos segundos no trajeto. Mais perto da hora do almoço se encontraram novamente, Doutor, queria lhe entregar uma coisa. O que é, seu João? Convite para aniversário da minha filha, no sábado. Nossa, que legal, muito obrigado. Doutor Cláudio foi simpático e, no dia seguinte, trouxe um presente embrulhado em papel rosa, que entregou a João, no elevador. Um livro colorido para ajudar na alfabetização. Não foi dessa vez que Rosana conheceu doutor Cláudio, mas ela também ficou contente com a gentileza do presente.

Doutor Cláudio tornou-se juiz auxiliar do Presidente e sonhava um dia comandar o Tribunal ao qual se dedicava desde que passou no concurso para juiz. Ainda não sabe o que fazer quando terminar o mandato do doutor Nestor, não quer voltar ao seu posto de origem, embora gostasse do Júri, dos debates, crimes de sangue e da sabedoria do povo. Apreciava não precisar decidir e apenas arbitrar a pena quando os jurados entendiam pela condenação. A sala do Júri ficava no primeiro andar do Fórum Criminal, na rua atrás do Tribunal. Seu João nunca estivera em um julgamento do doutor Cláudio porque não encontrara brechas no horário, a qualquer hora conseguiria cumprir essa meta.

*

"Meu pai não ligou e fica me escrevendo sem parar", ela disse aos amigos antes de desligar o celular. No Tribunal, seu João não havia telefonado para a filha na hora do almoço, como de costume, mas mandou mensagens. "Está tudo bem?". Ela leu na hora. Sem resposta, mandou outra: "Andou bebendo? Te vi no sofá. Acordou que horas?", não adiantou. Adolescentes.

Já foi mais fácil conversar com ela. Pequeninha, aos sábados e domingos era ele quem Dani chamava para trocar fralda. Viam desenho e comiam pipoca antes da janta sem a mãe saber. Os anos voaram. Nas férias de verão, quando dava, alugavam uma casinha no litoral e ficavam os três na areia até anoitecer procurando estrela cadente. Depois que virou moça, Dani ficou mais próxima da mãe. Passavam tanto tempo juntas que o pai se enciumava.

A primeira vez que se viram foi em uma festa de rua. João notou Rosana perto da fogueira, olhando a madeira queimar e a fumaça defumar a roupa de caipira. Ele se apaixonou, primeiro, pela forma que ela olhava o fogo e a luz vermelha lhe iluminava o rosto, e depois por ela. Comprou duas bebidas e se apresentou. "Sou João. Comemora comigo?", o jovem disse oferecendo a ela um dos copos, fazendo um brinde. Somente depois ela entenderia o gracejo, quando ele disse que comemorava ter encontrado a mulher de sua vida. Ela ria quando lembrava e chamava João de "cara de pau". Passaram a se encontrar todos os dias depois do serviço, na casa dele. Faziam amor e ela voltava, depois faziam amor e ela ficava, até o dia em que ela percebeu, três meses não menstruava.

Resolveram, então, morar juntos e chamar a menina Daniela. A energia boa que João acostumara-se a guardar para Rosana, depois do trabalho, faltava sob o mesmo teto. O relacionamento emaranhava-se. O trabalho tranquilo no Fórum, depois no Tribunal, convertia-se em aborrecimento quando Rosana não atendia suas ligações. A filha ainda engatinhava na primeira vez que ele bateu na mulher. Foi só um empurrão, ele disse, mas ela caiu no trinco da porta e machucou as costas. Depois também um tapa, ela disse vou embora com minha filha e ele suplicou perdão. Assim passaram a levar os dias. Da declaração de amor de manhã aos ataques de ciúme porque ela ficava sozinha à tarde e ele não sabia onde ela ia. E dos ataques de ciúme às brigas feias que começavam com gritos, viravam um aperto no braço, um tapa, um empurrão. Dessas brigas seguia, sempre, um seu João choroso e envergonhado pedindo perdão, no outro dia.

Foi em uma noite de domingo que algo quebrou entre o pai e a filha. Ela quase alcançava os quinze anos e domingo não é um dia fácil pra ninguém. Desde os dez anos, registrava cada briga dos pais que ouvia ou assistia como uma agressão contra ela mesma. Naquele dia, escutava os pais discutindo atrás dos fones de ouvido quando abriu a porta da sala no exato momento em que a mãe caía em joelhos, vomitando, ao lado do sofá. "Você bateu na mamãe?", ela perguntou incrédula, e ele fez que não com a cabeça, assustado, dizendo que não, não, e Daniela chamou a ambulância, acompanhou a mãe no atendimento, na medicação e nos exames solicitados pelo médico da rede pública.

Seu João ia e voltava do serviço, tentava puxar conversa com a filha, ela silenciava, ressentida, carregando a certeza de que a mãe adoecera por causa das brigas com o pai. Até Rosana dissera não ter nada disso, mas a menina não acreditou. Daniela estava ao lado da mãe quando o médico puxou o papel de dentro de um envelope branco, respirou fundo e disse – e Dani ainda chora quando lembra – que a senhora está com aquilo, em estágio bastante avançado, diria irreversível, e sinceramente uma quimioterapia não reverteria o quadro, reduziria muito a qualidade de vida e pare, pare, o que você está dizendo, eu estou falando em algo entre quatro e seis meses, de vida? Sim, de vida.

Daniela sequer discutiu o assunto com o pai. Ela adolescente, ele distante, ela sacolejava, ele coadjuvante, ergueu-se um muro espesso entre eles e firmou-se a convenção da fala pouca, protocolar e reservada ao estritamente necessário.

*

O silêncio gelado do Tribunal se misturava de leve ao barulho do caminhão de som no lado de fora. Dani não respondeu nenhuma de suas mensagens e rejeitou as ligações. Depois que o desembargador Antônio Carlos e a desembargadora Lucimara entraram chamando alguém de canalha e o Presidente e o doutor Cláudio entraram chamando alguém de imbecil e saíram sem o cumprimentar, seu João imaginou que a sessão não transcorrera de forma tranquila.

Perto das dezoito, surgiu Clarissa. Ia embora.

"Meu gabinete, por favor. Fica no térreo", brincou.

"Como estão as coisas lá dentro?", perguntou João.

"Olha que nunca vi o doutor Nestor tão brabo", respondeu quase sussurrando enquanto o elevador descia, "ouvi ele xingando e dizendo que vai processar a doutora Lucimara".

"Mas por quê?"

"Alguma coisa a ver com o filho dele e o Governo, não sei. Estão trancados lá dentro. Doutor Santiago e o doutor Emanuel também, falando no celular. O doutor Cláudio que disse para eu ir. Bom que tenho que passar no mercado. Olha que a coisa vai longe hoje. Chegou. Beijo na Dani, até amanhã", e saiu.

Quando retornou ao andar do Presidente, escreveu novamente para a filha. "Vou chegar mais tarde hoje. Qualquer coisa ligue". Sempre tão diligente, dedicado e atento a como melhor servir a Justiça, seu João decidiu ficar à disposição até quando o doutor Cláudio e o Presidente precisassem dele, um pouco por curiosidade, seria hipocrisia dizer que não, mas por que não?, e ficou voluntariamente. Pro-atividade era e há de continuar sendo uma virtude em todas as profissões. Certa vez aguardou doutor Cláudio, quando diretor do Fórum, até onze horas da noite e foi muito elogiado. Ganhou um dia de folga, como recompensa.

Depois das dezenove, o Tribunal parecia um templo misterioso e fechado. Fazia silêncio nos corredores que, com sensores de luz, ficavam escuros até a detecção de movimento de algum ser vivo com mais de vinte quilos. Mas por detrás das portas pesadas barrando o som havia luz, conversa, telefonemas. Até então, nenhum movimento no andar do Presidente. Quase oito no momento em que o chamado levou o elevador à Garagem.

Quando a porta abriu, viu dois carros pretos ainda ligados, com vidros escuros, próximos à entrada. O Governador, seu João soube, no mesmo instante. A porta de trás do segundo carro abriu e ele desceu. Junto a outros três engravatados, subiram em silêncio até o andar do Presidente. Apenas seu João assentiu com elegância, dizendo quase soletrando "boa noite go-ver-na-dor". Alguns cargos devem ser sempre lembrados, explicara aos novatos, mas não é exatamente lembrar, é mostrar que sabe que sabe, que todos sabem, e dizer.

Quando o elevador chegou no último andar, ninguém os aguardava, mas João percebeu a porta do Gabinete entreaberta. O Governador e seus homens caminharam rapidamente e entraram. E João, como decidira aguardar, aguardou. Depois saberia que essa decisão mudaria para sempre seu rumo de vida, para o bem ou para o mal, nunca sabemos antes de decidir, antes de decidir ficar, ou ir, e afinal se soubéssemos não haveria graça. Lá fora, ainda ouvia muito barulho. Certamente o Governador usou o túnel de comunicação, pensou. Havia uma passagem privativa para carros que ligava o Tribunal e o Governo. João olhou o celular: Dani havia respondido sua última mensagem. "Ok".

Fora um longo dia. Bocejava e pensava em ir embora, às nove e meia, quando a porta do Gabinete abriu e todos saíram caminhando, a passos lentos, em direção ao elevador. À frente, conversando em voz baixa, o Governador e o Presidente, e atrás, sem falar, o doutor Cláudio, doutor Santiago, doutor Emanuel, e outros dois doutores do Governo cujos nomes não sabia. Algum espanto na expressão do Presidente quando viu seu João foi impossível disfarçar. Nota-se quando a pessoa interrompe a palavra antes de ser pronunciada, suspende a fala pelo pensamento e fica com a boca aberta, entreaberta, dois ou três segundos. O senhor já devia estar em casa, o que faz aqui a essa hora? Estou à disposição, senhor. Pois vamos todos para casa. Entraram. Desfez-se a tensão, aparentemente. Com o sinal do aperto de mão se despediram na Garagem. Doutor Cláudio disse boa noite, João. Boa noite, doutor Cláudio, respondeu enquanto aguardava todos entrarem em seus carros para, enfim, registrar sua saída, caminhar até o ponto de ônibus, a três quadras dali.

O ônibus para na esquina, mas passa antes bem em frente à sua casa. O portão azul de ferro rogava uma repintura, os vasos de Rosana ainda dormiam do lado de fora, embaixo da janela com grades, sem flores. Quando o ônibus passou, viu duas meninas se despedindo na calçada. João esfregou os olhos e contorceu-se, olhando pra trás. Um beijo na boca? Nem sabia se perguntava, ou afirmava, não poderia dizer, porque uma delas era Dani, e fora um beijo, repetia, um beijo, sentindo o sangue ferver e a respiração acelerar.

*

Seu João não lembra do percurso a pé que fez do ponto de ônibus até sua casa. A primeira coisa que lembra, na verdade, é do tabefe acontecido, com as costas da mão, na orelha esquerda da filha e como ela se estabacou de olhos arregalados em cima do sofá. Arrependeu-se no instante seguinte, mas não menos nervoso, e o coração batia tão forte que achou que ia cair.

Você me bateu, velho desgraçado, você tem merda na cabeça? Filha minha sapatona não é filha minha, você vá embora daqui, você suma da minha frente. Ficou esperando o retruque, a resposta ríspida, alguma explicação qualquer, ela calou e pisou firme para o quarto. Puxou uma mala do alto do guarda-roupa e enquanto jogava peças aleatórias de roupa ela pensou, por que não?, tinha até demorado para chegar esse momento. Voltando pra sala, gritou.

"O que te interessa isso agora? Você não olha pra minha cara e quer mandar na minha vida? Sabe de quem é a vida? É minha!"

Ela empurrou o abajur, caiu no chão, quebrou. Voltou para o quarto soluçando. A porta estrondou. Seu João não lembra quanto tempo ficou parado, sem reação, ainda em pé, levemente curvado pra baixo, apoiando a mão na parede. O coração desacelerava embriagado pelo sentimento de não quero, não posso, não suporto.

Sentou. O estranho é que pensava no que seu pai diria ou faria. Ah, se não daria uma coça, dura como a vida na roça. Mas ele morrera há décadas e nem havia conhecido a neta em vida. O velho morreu tão assim, sem mais nem menos, que a mãe achou que dormia. João foi saber e chegar na cidade dois dias depois do enterro. Saudades do velho.

Dani reapareceu com uma mala média cheia de roupa em uma mão, o celular aceso na outra, a cara molhada. Ele permanecia no mesmo lugar. Sua mãe sabia? Sua mãe sabia? Ela abriu a porta e parou. "Sempre soube". E saiu.

*

Dani não fechou a porta, evadiu-se. O vento gelado de começo de inverno levantou folhas soltas na mesa e obrigou João a levantar, fechar a entrada e chavear, pode ser perigoso ficar com a porta aberta aquela hora, pode ser perigoso andar sozinha pela rua, uma menina, sua menina, tudo pode ser tão perigoso.

Dormiu mal e acordou atrasado. Banhou-se correndo pensando em como, dessa vez, ficaria tudo bem, pois chegara sexta-feira e ele vira a filha beijando outra menina. Por que a mulher não lhe contara, se ela sabia? A água do chuveiro não esquentou e depois, enquanto passava o café, derrubou o coador cheio de pó no chão. Abaixou-se para pegar e limpar, deu-se que ao levantar bateu a cabeça no granito da pia. A televisão ligada no jornal local, enquanto isso, comunicava as coisas importantes a saber: homem joga água fervendo em esposa e é preso em flagrante; associação de advogados publica nota de repúdio contra declarações do senador Durval; no Estado, Tribunal nega recurso e votação de projeto de lei sobre jornada de trabalho será hoje; novos protestos devem acontecer em frente ao Governo; em sessão turbulenta, desembargadora acusa Governador e filho do Presidente do Tribunal de fraudarem licitação; ambos negaram e disseram que irão processar a juíza; setenta e duas famílias despejadas pela polícia em terreno invadido, uma mulher morreu; após a previsão do tempo, veja os gols desta quinta; veja a nova voz que é a revelação do momento e cenas do novo capítulo de Louvor e Glória.

Bom dia, Doutor. Bom dia, Doutora. Tem menos gente do lado de fora hoje. Graças, está tudo mais tranquilo. Hoje a confusão é do outro lado da praça. Bom dia, João, Presidente já chegou? Sim, ele chegou cedo. Olhou o celular e viu que Dani havia checado as mensagens pela última vez às cinco e meia da manhã.

Clarissa, preciso falar com você, chamou de dentro do elevador quando parou no último andar.

"Que foi homem?"

"Dani saiu de casa".

"Como assim, saiu de casa?"

No almoço, resumiu a noite anterior diante de Clarissa que só balançava a cabeça, bem mais séria que de costume. "Vocês não têm a opção de não se entender", ela disse.

João olhou novamente o celular. Havia cinco chamadas não atendidas de um número que não conhecia e ele retornou as ligações.

"Quer falar com quem?", perguntou uma voz seca e masculina do outro lado da linha.

"De onde é? Recebi várias chamadas desse número".

"Aqui é do Primeiro Distrito Policial. Quer falar com quem?"

*

Te falei que ia dar merda, mas você não me escuta. Não era nem pra ter ido lá em casa. Eu sabia que algum dia acabava assim enxotada. O que mais tenho pra fazer lá? Meu pai só trabalha e desde que mamãe morreu ele nem olha na minha cara. Depois de ontem é que nunca mais vai olhar. Saio cheia de roupa amassada em uma mala que parece uma sacola, nem dobrei, nem escolhi, só saí. Vou até sua casa e você me deixa entrar pela janela e diz que teria que ir embora antes de seus pais acordarem. Nem durmo meio escondida ali entre sua cama e a janela que dá pro quintal do condomínio e logo mais pro portão a meia altura que dá pra rua, você nem pra emprestar um colchão. Mas como explicar um colchão se seus pais acordassem, né? Obrigada pelo travesseiro. Acontece que seus pais acordam cedo e eu tenho que ir embora antes de o sol levantar. Eu vou, e pra onde? Tão frio na rua, minha barriga reclamando de fome, tenho pouco dinheiro, talvez procurar alguma padaria que já esteja aberta, mas eu com essa roupa, essa mala, e na esquina passando um carro da polícia. Sabe como é, na nossa comunidade tem hora que é melhor não estar na rua porque é suspeita pro bandido, é suspeita pra polícia, é suspeita pra todo mundo e olha lá, o carro da polícia parou e virou, está descendo a rua e vindo na minha direção, devagar e piscando. Ah, que merda. Tem um pouco de maconha no meu bolso. Fodeu, era só o que faltava. A gente usou ontem lá em casa, lembra? Sentadas no chão, os pés se tocando sem os sapatos, a cabeça voando. Você falou em ir pra Itália? Foi engraçado, a gente na Itália passeando. Eu quis jogar fora o que sobrou, quase nada, um ou dois baseados, você disse que era desperdício, guarda pra amanhã ou depois, e ficou no bolso da jaqueta. A viatura está encostando a uns dez ou quinze metros e eu estou com uma mão levando a mala e a mão direita no bolso, sentindo o pacotinho apertado e pensando se jogo no chão, tem um bueiro a uns dois metros pra frente, ou se deixo ali, talvez eles nem parem, talvez só perguntem, gentilmente, se preciso de algo, se fui assaltada, se fui expulsa de casa, se meu pai é um idiota, mas a gente cresce no lugar e sabe que não é assim que funciona e que todo mundo aqui tem fundada suspeita só por existir. Assim que o carro encostou desceu uma policial com a mão na arma, presa na cinta, gritando parada aí garota, tira essa mão do bolso, mostra a mão, mão pra cima, e eu pergunto o que foi que eu fiz, o que tá fazendo a essa hora na rua?, coisa boa não pode ser né?, enquanto a guarda enfia a mão no bolso, tira, cheira e sorri vitoriosa, olha aqui, a vagabunda tá com droga no bolso, anda vendendo muito, é? Eu gaguejo, claro que não, é minha, eu uso, eu estava usando, não vendo não, e ela responde que isso era o que explicaria pra Justiça. Já estou chorando a essa altura, sendo algemada com as mãos para trás, como essa porra dói, e minha mala sendo aberta no chão, minhas roupas espalhadas naquele chão sujo enquanto o outro policial tira tudo e fala, tem mais nada aqui não, e de repente estou na viatura da polícia, e agora, o que vou fazer, e agora?

*

"Não entendo mais nada, João, fique calmo. Ela saiu de casa ou foi presa?"

"Ela saiu de casa *e* foi presa! Presa!" – seu João respirava tão rápido e com a mão no peito que Clarissa achou que ele ia passar mal do coração. Correu na copa, pegou água e pediu um chá de camomila, bem forte.

"Não consegui falar com ela", disse. "O sujeito disse que deve ainda hoje ser transferida para o presídio".

"Ai que horror. O que será que aconteceu?" – ela começava a formar hipóteses, mas preferiu ficar em silêncio.

"Vou lá, assim que sair daqui".

João mal terminou de almoçar. Quando se acalmou, precisava retornar a seu posto. Pediu para Clarissa lhe ajudar. Ela não sai do telefone, quem sabe consegue descobrir o que aconteceu. A cada vez que o elevador parava, ele apertava o botão do último andar para chegar a seus ouvidos.

"E aí, descobriu algo?"

"Nada, homem".

A manhã no Tribunal passou sonolenta, a tarde não. Muito movimento para uma sexta-feira. João percebeu que os Doutores se inquietavam, entravam e saíam do elevador digitando rapidamente no telefone celular e não dava tempo de o cumprimentar.

Segundo andar, alguém chamou e o elevador subiu. Não era o Desembargador Presidente, e sim Clarissa. Ela segurava um papel na mão.

"Consegui fazer uma ligação só, ela está nesse endereço aqui ó, será transferida para o presídio como você disse, nesse outro endereço, não sabem que horas. Falaram que não adianta ir lá hoje e que é melhor ver com o presídio se pode ir na visita de amanhã".

Ele baixou os olhos, guardou o papel. "Obrigado".

Ouviam um carro de som mais longe que no dia anterior. Devia estar na frente do prédio do Governo, ou da Casa das Leis. Se deixar esses arruaceiros atacam um poder por dia, disse o Presidente quando desceu com o doutor Cláudio até a garagem.

"Eles voltam?", perguntou para Clarissa.

"Acho que não, porque o doutor Nestor pediu para eu imprimir uma reserva de hotel e é de hoje até domingo".

Fez então algo errado: deixou seu cartão do ponto com Clarissa e se mandou para a Delegacia. Sentia-se um verdadeiro meliante saindo às quatro horas da tarde, às escondidas, para tentar ver a filha presa.

Quando chegou, uma hora depois, não sabia por onde entrar. Havia uma porta estreita de ferro e vidro, fechada, um pátio de carros, começava a garoar. Entrou e deparou com um balcão de atendimento, com algumas pessoas sentadas. Havia uma policial em pé, que o olhou e disse pois não.

"Pois não?"

João não sabia o que dizer. Acostumara-se a conviver com pessoas importantes, não a fazer perguntas em um balcão sujo de delegacia.

"Minha filha está aqui, desde hoje de manhã, será que posso falar com ela?".

"Nome?"

"João".

"Sua filha chama João?"

"Daniela. Daniela Aleluia".

Pediu um minuto e desapareceu atrás de uma porta que dava para um corredor.

Demorou tanto.

Ele foi atrás.

Queria ir no banheiro, rapidinho. Poucas pessoas trabalhavam quietas em salas com a porta entreaberta. Seus pés rastejavam. No final do corredor havia uma placa escrito: "Carceragem". Seu estômago gelou e ele colocou a mão no trinco. Abriu.

Foram poucos segundos com a porta aberta, quase como a porta do elevador abrindo e fechando, suficientes para imprimir em sua memória a imagem de uma cela cheia de homens sem camisa, alguns sentados, outros em pé, não sabia dizer quantos havia, a cela devia ter cerca de três ou quatro metros de largura? Entre os segundos que abriu e fechou começaram a gritar "funcionário, funcionário", "vem aqui, funcionário", não sou funcionário. Ele jamais esqueceria o impacto da baforada de calor e do aglomerado de mofo, suor humano, talvez urina, que lhe atingiu o rosto e fez recuar. Mas a porta já fechara.

"O senhor não pode estar aí, quem mandou sair da sala de espera?" – disse a policial, muito irritada. Vinha em sua direção.

"Me desculpe, estou indo!".

"Quem o senhor pensa que é para entrar assim sem permissão? Quer ficar preso aqui também, é isso?".

Ele não gostou do tom, e quem iria gostar? "Sabe com quem está falando?", quis dizer, mas não disse. "Sabe onde trabalho?", pensou, mas não disse. A moça o olhou com desdém e virou as costas. Algo o fez, apenas, e como sempre, calar. De volta ao balcão de atendimento, ela entregou um documento fotocopiado com duas páginas de tinta fraca e um formulário.

"Aqui. Essa é uma cópia do flagrante de Daniela Aleluia e ela está indo nesse momento para a Penitenciária Feminina. O senhor pode preencher esse formulário e levar amanhã de manhã assinado para se cadastrar como visitante. Chegue cedo. Mais alguma pergunta?"

Ele sentia as pernas tremerem. "O que ela fez?"

"Como é que vou saber, senhor? Leia o que te dei".

Sem responder, ele se virou e saiu a pé. Antes de fechar a porta, ainda ouviu a policial dizer.

"Localizamos seu telefone nos contatos dela porque é a lei, viu? Ela disse que não tinha parente nenhum".

João tentou ler o papel enquanto caminhava, mas não conseguiu. Não sabe quanto ou por quanto tempo andou, apenas seguiu na direção do bairro. Anoitecia quando parou na Igreja.

*

Foi foda no começo, cara. Achei que ia morrer e ser estuprada quando cheguei na delegacia. Só ficava lembrando do Beto contando história aquele dia na tua casa, lembra? Que o guarda achou que ele tinha olhado torto pra ele e apanhou tanto que só foi abrir o olho depois de dois dias? Que nem com o advogado ele conseguiu falar? E o irmão do Maneco, que ficou bagunçado e acordou enforcado em um lençol, falaram que foi suicídio, duvido, eu conhecia aquele moleque, não faria isso nunca. Fui lembrando de todas as histórias, uma atrás da outra e, caralho, eu nunca vendi droga, fui ficando desesperada. Mas sabe que o primeiro dia está tranquilo. Fiquei umas quatro horas na delegacia em uma cela cheia de mulher fedorenta, elas foram legais e disseram logo que ninguém iria dormir ali. Tinha uma presa assaltando aí perto de onde você mora, acredita? Perguntei por que ela fazia isso e sabe o que ela respondeu? Que é trabalho honesto. Que o dinheiro põe pão na mesa dela. Que ela nunca assaltava gente com necessidade e não pretendia fazer mal a ninguém. Mas armada nunca se sabe, né? Não parecia má pessoa, mas meio doida. As outras eram mulher de traficante e tinha uma mãe bem velhinha também de um rapaz que eu acho que conheço da rua. Você podia me visitar, né? Preciso de ajuda pra encontrar um advogado. As visitas são aos sábados. Meu pai não deve nem saber que fui presa e é melhor que nem saiba, vai acabar enfartando. Pra ele todo mundo aqui é bandido e se morressem todos, o mundo ficaria um lugar melhor, palavras dele. Nazista. Faz a carteirinha e vem me ver que eu conto mais.

*

"Preciso de ajuda, Pastor", ele começou.

"Minha filha foi presa hoje. Não consegui ver ela. Aqui diz que foi presa por tráfico, não consigo acreditar nisso não. A gente brigou ontem. A mãe dela morreu não faz muito tempo".

O Pastor se arqueava, alto demais, reunindo rugas. Quando ele se concentrava para escutar e apertava um pouco os olhos, elas desenhavam pistas de corrida em seu rosto. Em pé, com as mãos uma sobre a outra, na cintura. Disse não ter muito tempo, porque dia de culto e as pessoas começavam a chegar. Ouviu sem interromper, e só depois falou.

"João, há quanto tempo não vem ver o Senhor, João?", colocou uma mão em cada um de seus ombros. "O pecado ronda todos nós e a quem mais amamos, o Demônio se aproxima quando nos afastamos do Senhor".

João olhou para baixo, realmente não vinha ao culto há muitos meses. Na verdade, desde o diagnóstico desesperançado da doença de Rosana.

"Sinto muito, Pastor. Preciso de ajuda. Pode ser só um telefone de um advogado que não cobre muito caro".

"Por que não fica para o culto hoje, João? Será bom para você. Conversamos logo depois".

"Vou ficar", respondeu.

João sentou ao lado de uma família formada por um casal e duas meninas pequenas. Suas roupas surradas brilhavam de limpas. Voltou a sentir um oco no estômago quando se perguntou, foi inevitável, se algum dia voltaria a conhecer algo próximo a uma família. Quando o culto começou e houve um momento de silêncio e meditação, fechou os olhos pensando na esposa e na filha com ele, ainda pequena, ali, naquela mesma Igreja. O Pastor, lá no altar, tinha dito "pensem nas pessoas que vocês mais amam". Minutos depois, o teclado e uma voz bonita de mulher encheu o lugar cantando "*pelo Messias, marchamos sim, em suas mãos, a chave da vitória, que nos leva a possuir a terra prometida*" e ele cantou também.

João rezou, chorou, abraçou a família ao lado, limpou a carteira quando passou o dízimo, pois para Deus nos ouvir temos que mostrar a nossa fé com atos concretos, e esperou o Pastor sentado enquanto o templo esvaziava. Ele veio com um papel anotado e deu na mão de João.

"Ligue pra ele. É um advogado de nossa confiança. Se não quiser, não ligue. Mas sem advogado sua filha pode ficar um bom tempo presa. Até um defensor público olhar pode demorar meses. A não ser que você vá lá pegar aquela fila imensa. Sim, melhor ligar. Não precisa se preocupar com custos, por enquanto. Ajudamos várias famílias com problemas parecidos. Não precisa agradecer. Glória a Deus. Deus só pede em troca lealdade a nossa Igreja. Te esperamos aqui pelo menos duas vezes por semana. Mais uma coisa, João. Uma tarefa. Você não estuda assuntos da Justiça? Chegue em casa hoje, reze por sua família e leia em voz alta o Salmo 37".

João deixou a Igreja com o peito carregado. Queria resolver, mas tinha culpa. Tinha também vergonha de colocar o pé em um presídio. Logo ele, homem honrado e servidor da justiça. Não que a prisão não fosse um lugar bastante presente na vila em que morava, sempre havia alguém com o filho preso, ou com o irmão saindo da cadeia, ou indo assinar não sei o que no Fórum, lá onde trabalhou um tempo, era um assunto de todo dia, a prisão. Seu João fez o que o Pastor mandou. A Bíblia jazia na gaveta embaixo da televisão, na sala, no meio de revistas velhas de esporte. Abriu no salmo 37. Como um amante e estudioso da justiça, gostava de ler a Bíblia. Leu em voz alta ainda com a roupa do dia, sentado no sofá, aproveitando a luz da rua que entrava pela janela.

"Não se aborreça por causa dos homens maus e não tenha inveja dos perversos, pois como o capim logo secarão, como a relva verde logo murcharão".

Eu não consigo fazer isso. Mas avançou.

“Entregue o seu caminho ao Senhor; confia nele, ele agirá. Ele deixará claro como a alvorada que você é justo, e como o sol do meio-dia que você é inocente”.

Sim, ele podia ser inocente, mas e sua filha? Uma pecadora. E o Salmo dizia que os maus serão eliminados. Que os ímpios não mais existirão.

João fechou os olhos e começou a rezar. Pediu que Deus perdoasse a sua filha. Ligou o rádio na estação de sempre e o canto de monges trapistas encheu a sala. Lembrou do curso sobre justiça para o qual ganhara inscrição do Tribunal. Fazia anos. Sentado no sofá, abriu os olhos. Viu a parede, a televisão desligada, os objetos perdidos na estante. Mesmo no escuro, distinguiu sua coleção de pequenas estatuetas e chaveiros sobre a justiça jogados em uma das prateleiras. Levantou e as tomou em mãos. Por alguns instantes as reteve entre os dedos, firmes, e largou todas na mesa de jantar.

*

Auditório lotado, cadeiras de plástico, muito próximas uma da outra. Havia café passado na entrada e copinhos de plástico para quem quisesse se servir. À frente, o professor pedia silêncio dizendo boa noite. Radiante em participar, João. Ganhara uma matrícula de presente do doutor Cláudio. Nunca se esqueceria disso. Aos poucos as pessoas silenciaram e o professor começou a falar. Falava muito, muitos nomes, gesticulava. Não entendia tudo, mas anotava o máximo que podia em um caderno espiral de capa azul.

Esse primeiro encontro seria sobre a justiça na Bíblia.

Na Bíblia Sagrada há concepções de justiça que nem sempre são compatíveis entre si, disse o professor. Vamos começar com o livro de Êxodo e os mandamentos.

Enquanto contava a história de Moisés subindo a montanha, João tinha a cabeça no dever de passar na farmácia e comprar fralda, leite pra neném e mais alguma coisa. Rosana ligou três vezes para ele não esquecer.

"Não matarás", disse o professor. "Mas vejam o capítulo seguinte. Quem ferir alguém até a morte deverá ser morto".

Não lembrava do terceiro item e o tipo do leite. Havia vários tipos de leite em pó. E a fralda, seria a média ou a pequena? Precisava lembrar.

"Quem amaldiçoar seu pai ou sua mãe será morto".

Teria que ligar para confirmar o leite. Ao menos lembrou do terceiro item: uma pomada para assadura. Puxou a caneta e anotou em um pedaço de papel tirado do caderno.

"Olho por olho, dente por dente, mão por mão, pé por pé".

Depois de toda aquela violência e papo sobre vingança e talião, o professor anunciou intervalo e pediu para aproveitarem o café para discutirem sobre o sermão da montanha. Apareceu Clarissa.

"Meu Deus, que homem inteligente!", ela disse, encantada com o professor. "Falei com a Rosana hoje à tarde, ela disse que você vinha".

"Estou gostando, mas estou muito cansado", respondeu João.

"Como está a nossa princesinha?"

"Cada dia mais linda", respondeu de sorriso cheio.

Foi logo embora porque a janta o esperava, no dia seguinte acordaria cedo, e estava morrendo de saudades.

*

João abriu os olhos antes das cinco, sem sono. Acordara sobressaltado várias vezes durante a noite, com medo do dia seguinte. Deixou o rádio tocando enquanto engolia um café e o pão envelhecido com o que restara da manteiga, que dormira fora da geladeira e derretia muito mole. Algo que ela jamais deixava acontecer.

Escolheu uma calça social e uma camisa, vestir-se bem é importante para ser bem tratado em qualquer lugar, ainda mais em um presídio, por evidente, não poderia ser diferente. Lembrou do guarda-chuva porque viu pela janela o céu escuro.

A Cidade tinha um complexo penitenciário afastado do centro. Do planalto em que ficavam o Tribunal, o Governo e a Igreja, saía uma grande rua que cruzava a Cidade e lá ao longe, quando não havia mais casas e comércios, gente e pessoas passeando e trabalhando, de frente para o Tribunal, a muitos quilômetros de distância, erguia-se o conjunto de prisões. Uma delas era a feminina, em uma delas estava sua filha. João foi de ônibus até o Tribunal, a condução de sempre, e de lá, da praça central, tomaria novo ônibus e desceria a avenida em linha reta.

Aos sábados as famílias se aliviavam um pouco, esqueciam das saudades por valiosos minutos de encontros e abraços, recarregavam baterias para o retorno ao lado de fora. Organização pouco inteligente, formava-se filas em todos as entradas e momentos possíveis, do ponto de ônibus na Praça Central até o cadastro e ingresso no Complexo. João já ouvira falar disso na vila ou voltando para casa, lembrava da dona

Maria, que morava ao lado, se aprontando antes de amanhecer inúmeros e inúmeros sábados, e também por isso acordou e saiu cedo.

O percurso o intimidava. Da janela elevada do transporte coletivo, via-se a descida que cruzaria a Cidade e lá ao fundo os prédios brancos acinzentados, em meio às torres de segurança. Tão logo sentou, lembrou da última vez que houve uma rebelião grande no presídio masculino. Já trabalhava no elevador de autoridades do Tribunal. O motim cruzara a madrugada e todos viram, pela manhã, a coluna de fumaça preta se erguendo ao céu. Com o Sol lento do inverno, uma imagem impressionante de se ver de longe. Parecia ter saído de alguma passagem bíblica. João admirava o jogo de luzes e cores da entrada do Tribunal, quando foi surpreendido por doutor Cláudio dando um tapinha em seus ombros.

"Os vagabundos adoram botar fogo em colchão, sabia?", comentou. "Depois vão reclamar pros direitos humanos que não têm onde dormir".

"Acabou a confusão, Doutor?", perguntou João.

"Pelo que sei, terminou sim. Liberaram o refém. Ao trabalho", convocou doutor Cláudio e ambos entraram juntos no edifício. No elevador, seu João lembra de ter comentado algo como "se morrerem uns duzentos, são duzentos problemas a menos, não é?" mas doutor Cláudio não riu, apenas sorriu, piscou um olho, antes de a porta abrir no andar de seu gabinete.

João voltou ao presente porque a senhora sentada a seu lado lhe perguntava alguma coisa, percorriam o trecho esburacado e o coletivo sacolejava tanto que não conseguia entender o que dizia. Com uma sacola grande no colo, ela parecia sorrir quando falava.

"É a primeira vez, senhor?", perguntou várias vezes, quase gritando.

"Sim, sim, é a primeira vez que venho aqui!", respondeu.

"O que ele fez, seu filho? Os meus estão por roubo".

"Minha filha, na verdade", respondeu constrangido, "algo de drogas, não sei dizer. Foi agora, essa semana".

Ela fez que sim com a cabeça. O ônibus desacelerou e as pessoas começaram a levantar. Ela colocou levemente a mão em seu joelho.

"Me chamo Aparecida. Se precisar de algo, me procure. Estou sempre aqui, todos os sábados. Muito bonito o que o senhor está fazendo pela sua filha", e apeou-se.

Qual beleza em visitar a filha na cadeia? João demorou a descer, olhou todos com sacolas cheias, enquanto ele trazia somente uma pasta com o formulário preenchido no dia anterior. Mostrou para um guarda de colete preto e ele disse leve o papel assinado na sala da assistente social, depois volte ao fim da fila. A porta da pequena sala dava para fora e ficava na lateral da construção térrea e amarelada escolhida como entrada dos visitantes. Uma mulher falava alto e fungava, dentro do cômodo. João se acomodou, elegante, ao lado de fora da porta, ouvindo a conversa nervosa. A senhora não pode renovar a carteirinha por sessenta dias, explicava a assistente social, é devido à má conduta. "Eu vou atrás dos meus direitos", disse a mulher rispidamente, ficando em pé, movendo-se.

João sentou e calou. Apenas depositou na mesa a pasta com seu formulário. Ela leu e passou a mexer em papéis e blocos e canetas e escrevinhar algo.

"Muito bem, senhor João, preciso só tirar uma foto sua, pode olhar aqui".

Feita a imagem, ele perguntou:

"Desculpe a pergunta, senhora, é minha primeira vez aqui. Qual dia posso vir? O que são essas sacolas que todo mundo carrega?"

"Pois não. As visitas são aos sábados, três vezes por mês. No outro sábado, temos as visitas apenas de quem traz crianças".

"E as sacolas?"

"As sacolas são alimentos e roupas que as famílias podem trazer. As regras estão aqui nesse papel que estou passando para o senhor".

"Obrigado".

"Essa é uma autorização provisória que só vale para hoje. Na próxima vez, passe aqui para pegar sua carteirinha que já estará pronta".

Assentindo, João saiu e procurou a fila embaixo da placa "Triagem e Revista". Mantinha sempre a cabeça abaixada. Não queria falar com mais ninguém, mas não deixava de ouvir as conversas pairando. A mesma prática adquirida em seu ofício, afinal. No Tribunal, estou no cérebro da justiça, aqui estou no sistema digestivo.

Chegou ao ponto da fila em que homens iam para um lado e mulheres para o outro. João viu-se em outro cômodo com dois desconhecidos: um rapaz de uns vinte e cinco anos e um senhor muito idoso, com dificuldades para caminhar. Pai e filho visitavam o irmão caçula, como escutara. Simpatizou com eles, com a fragilidade e o olhar bondoso do velhinho, bem na sua frente, na fila, queixando do processo, reclamando do advogado, a gente precisa entrar com uma revisão desse processo, a gente precisa entrar com outro pedido de liberdade no tribunal, dizia o filho, e o pai fazia que sim com a cabeça com um jeito tão sem esperança. Ficou curioso para saber mais e quase contou trabalhar no tribunal, eu abro a porta do elevador para os doutores, eles decidem a sorte de seu filho e irmão. Ficou até com vontade de saber o nome dele e, na próxima sessão criminal, ao levar os doutores desembargadores para o julgamento, comentar no elevador sobre aquele menino bom, ele pode ser solto, mesmo sem saber o que fizera ou deixara de fazer, era um menino bom por causa de seu pai e irmão que conhecera em um sábado frio de visita na prisão.

Cessaram os devaneios porque iniciava o procedimento de revista. Erguendo os olhos, João percebeu o velho e seu filho de cueca. "Está esperando o que? Viu o tamanho da fila? Alguém aqui tem o dia todo?", esbravejou o funcionário de colete preto. João imaginara-se levantando os braços, alguém apalpando seus bolsos ou talvez rodeando um detector de metal. Arrancado da inocência, começou atordoado a desabotoar a camisa.

O funcionário mandou os três se sentarem nas banquetas de metal. Pai e filho abriram a boca como se estivessem no dentista, enquanto ele verificava suas gargantas, suas línguas, procurando o proibido. João passou pelo mesmo, viu revirados os ouvidos, atrás da orelha, dentro do nariz. Inclina a cabeça pra trás, levanta os braços, vozeava o colete preto.

João levantava aliviado quando viu os dois companheiros de revista retirarem a cueca, ficando completamente nus. Não terminara. O velhinho arqueava-se, envergonhado, mas tranquilo. "Isso é realmente necessário?", perguntou João. "Se não for pra tirar agora, pode vestir a roupa e ir embora", respondeu o agente.

Que pesadelo. O funcionário levantava o saco e o pênis deles. Pra que tudo isso?, João afligia-se, mas à perturbação acompanhava um sentimento novo, algo estranho, apertado. Como a bebida que começa com um sabor e termina com outro, ao engolir, sobe a raiva pela espinha e, ao passar pela barriga, ao tocar a garganta, converte-se em resignação.

Qual opção ali, a não ser desistir? A conclusão é que as coisas são assim. Afinal, minha filha está aqui porque optou pelo caminho errado. O presídio precisa de segurança. Todo mundo aqui passa por isso. João redizia tais frases a si próprio antes mesmo de o procedimento terminar, agora com os três separando as pernas em cima de um espelho. Um de cada vez, agachavam lentamente e três vezes. João foi primeiro, com alguma dificuldade. Mas o velhinho não conseguiu e desabou no chão. "Pai!", acudiu o menino. João ajudou a levantar o homem. O funcionário, que assistia a cena impaciente e triste, suspirou fundo. "Podem ir. Vão de uma vez".

*

A primeira visita foi hoje. Porra, achei que você vinha me ver. Fiquei esperando. Você vem na outra semana? Penso na gente o tempo todo. Não tem muita presa que recebe visita aqui não, mais da metade fica na cela. Tem uma mulher no meu beliche que estava toda ansiosa pra ver o marido hoje e ele não veio. Disse que não vem e que não escreve há mais de dois meses. Fiquei com pena dela chorando com o travesseiro em cima da cabeça. Você não vai me largar nessa merda não, né? Quando abriram o pátio e me deixaram ir "porque tinha visita" achei que era tu. Queria te ver hoje, não meu pai. Acredita que ele veio? Pegaram o nome dele na minha identidade e ligaram da delegacia. Fez um dia lindo de céu azul, as presas que tinham visita saíram correndo, a maioria pra abraçar a mãe, algumas o pai, o irmão, dia de criança é no fim do mês. E aí vi meu pai parado, imóvel, quase dando marcha ré na porta de entrada. Parei também. Acho que ficamos nos olhando por uns dez segundos até ele resolver andar pra frente. Sentamos em uma mesa de concreto, eu aqui e ele lá. Não nos abraçamos. Ninguém dizia nada. Eu não sabia o que falar. Aí ele começou balbuciando "eu, eu" e disse que tinha conseguido um advogado na igreja. Que ia falar com ele segunda de manhã. Juro que não fiz nada, disse. Eu gosto de maconha sim, mas não vendo, nunca vendi, só tenho uns amigos que vendem. Ele não se moveu. Conheço meu pai, duvido que acredite em mim. Você deve estar com muita vergonha de mim, né?, perguntei. E sabe o que ele respondeu? Que sim. Fez que sim com a cabeça. Sobre aquela outra coisa, lá em casa, à noite, a gente conversa quando você sair daí, ele disse. Quanta coisa pra ter vergonha de mim não é, pai?, pensei em dizer. Só respondi que não sei quanto tempo vou ficar aqui. As presas conversam sobre os processos e quando falei que caí por tráfico, mesmo sendo usuária, vi o olhar de quem diz ih, esquece. Tô ficando desesperada. "Vamos ver o que o advogado diz", ele respondeu. Tão frio, olhando pra mesa, subiu uma raiva, sabe? Aí falei olha aqui, obrigado pelo advogado. Mas deixa pedir uma coisa. Não venha mais. Não quero ver você. Aí ele levantou e saiu. Não se despediu, não me abraçou, só levantou, virou as costas e saiu. Voltei pra cela meio atordoada e aqui estou sentada na cama enquanto a mulherada toma banho. Mandaram matar Toninho, ouvi uma dizer pra outra no corredor. Não sei quem é. Começaram a bater grade na galeria do lado. O bicho vai pegar, alguém gritou em meio ao barulho. Não sei o que significa. Vou tentar dormir.

*

Igual para os iguais, desigual para os desiguais, disse Aristóteles. A justiça está na alma e traz ordem e harmonia, anotou ele, "autor Platão".

Com justiça julgarás teu próximo, disse o Senhor no Livro de Levítico. Não cometereis injustiça no juízo, nem na vara, nem no peso, nem na medida.

Depois veio Cristo, dizendo de uma justiça alegre para o justo, mas terror para os malfeitores. Não, riscou o caderno, isso é Antigo Testamento. Procuraria depois o versículo exato.

"Suum cuique tribuere", disse Tomás de Aquino, junto com os romanos. Puxa, latim já era demais. É aquilo que faz feliz o maior número de pessoas possível, disse um outro – João gostou dessa.

A constante e firme vontade de dar aos outros o que é devido, disse a Igreja.

Sócrates não gostou quando lhe disseram que justiça seria fazer o bem aos amigos e mal aos inimigos. Isso é amizade, disse ele. Aí vem um outro e fala em vontade do mais forte. Que confusão! João amava o tema, mas perdera o fio de meada há algum tempo.

A esposa ligara dizendo que não se sentia muito bem. A filha não dormia, queria ver desenho. Sua cabeça doía, de leve, um peso incômodo bem em cima dos olhos.

Para ele, justiça coincidia com ser merecedor e ser reconhecido por isso. Fazer valer. Guardou suas anotações na pasta preta e saiu de fininho do auditório, evitando o olhar de quem virava a cabeça, ignorando um ou outro grunhido de reprovação. A porta, por sorte, ficava na parte de trás e ele se sentara perto da lateral. Sentiu o frio de outono enquanto atravessava a rua. Parou no ponto. Ele era merecedor.

*

Seu João passou o domingo todo esperando segunda-feira chegar.

Ligou muitas vezes para o advogado, sem resposta. Clarissa também telefonou, e o silêncio foi dele. A semana não começava mansa como outras, João sabia. Acumulavam-se os problemas e o Tribunal não andava lá em seus momentos mais tranquilos. De banho tomado, terno vestido e gravata apertada, seu João planejou toda discrição para tratar de seus assuntos. Ligaria primeiro para o advogado. Checaria o celular somente com o elevador em movimento e sem o retirar do bolso do paletó, pois não seria postura bem vista a distração digitando em meio ao movimento dos doutores. No intervalo do almoço poderia conversar com Clarissa. Quando encontrasse o doutor Cláudio, pediria permissão para sair um pouco mais cedo, sua filha estava muito gripada, ele diria, e precisava de seus cuidados. Recebiam a tal sacola até as dezoito horas e ele ainda precisava passar no supermercado para fazer compras. Difícil dar tempo. Talvez uma escapada na hora do almoço. Para não cometer erros quanto à decisão difícil do dia, precisava encontrar doutor Cláudio ainda pela manhã.

O tempo corria e João ligou para o doutor Sanches, assim que se acomodou no ônibus. Buscou o fundo, mas o horário não ajudava e o veículo se enchia de gente. Uma mulher grande e de vestido vermelho se sentou ao lado. "Não estou ouvindo", disse o advogado, e João quase sussurrando respondeu que o Pastor recomendara o telefone dele, minha filha foi presa na sexta, que vergonha, se alguém escuta. "Ah sim", respondeu, "ele falou comigo".

"Preciso que você passe aqui para conversarmos. Será rápido. Quando quiser, hoje ficarei no escritório. Sim, pode ser agora, dou um jeito. Até logo, senhor".

Que sorte o escritório do doutor Sanches ficar tão perto do Tribunal, apenas duas quadras descendo a rua lateral. Chegaria um pouco atrasado, mas com ainda mais sorte a tempo de chegar antes do doutor Cláudio ou do Presidente. Quando se aproximaram do ponto, pediu licença à mulher de vermelho. Ao passar, ela segurou de leve em seu braço e falou baixinho.

"Todo mundo aqui tem um filho preso. Boa sorte pra vocês, viu?"

Conjunto alugado de dois ambientes, o escritório do doutor Sanches compunha-se de uma sala de espera e seu gabinete, separadas por uma parede de gesso. A porta entreaberta convidava a entrar. Havia uma mesa e cadeira aguardando a secretária, que ainda não chegara. Oito e meia, um pouco cedo. Seu João sentou ereto, sem acomodar as costas. Apreensivo, contava quanto dinheiro guardara. Ouvia o som de alguém digitando no computador lá dentro.

"Senhor João, pode entrar. Desculpe a pressa, tenho um compromisso daqui a pouco. Preciso que o senhor anote algumas informações sobre seu filho nessa ficha, por favor".

"Filha".

"Isso, de sua filha. Ela está presa desde semana passada, correto? O Pastor é nosso amigo, trabalhamos juntos há um bom tempo. Para tentar soltar não vou cobrar nada, ok? Se quiser que assuma a defesa no processo criminal, podemos conversar depois".

"Tudo bem".

Seu João escreveu o nome completo da filha e outros dados como número de identidade e data de nascimento. São para a procuração, explicou o advogado, enquanto digitava algo em pé no computador, folheava o jornal e tomava café em um copo plástico. Parou e sentou quando João lhe entregou o papel preenchido.

"Aqui está, veja", disse, olhando a tela do computador. Ele lia em voz alta. "Ainda é um inquérito policial. A acusação é tráfico de drogas. Ela negou, quando foi presa. Disse que é viciada".

"O que o doutor acha?", perguntou João. "Tem chance?".

"Olha, o Tribunal tem sido muito duro com esse tipo de caso. Mas vamos tentar, vamos tentar sim. Tenho que ler o processo com calma".

"Quando terei uma resposta?".

"Vamos protocolar hoje um pedido de liberdade no Tribunal. Chama *habeas corpus*. Te mantenho informado. Podemos falar por mensagem nesse número aqui, em horário comercial", ele já levantava e abria a porta.

"Obrigado". Até logo.

João andava pela rua devagar porque pensava longe, embora atrasado. Pesava dentro ouvir da acusação contra Dani. Fazia sol e a padaria da rua colocara mesas para fora. Como pode, essas pessoas tão tranquilas? Tropeçou em uma mesa com uma mulher e duas crianças pequenas. Havia dois cachorros-salsicha presos no pé da mesa pela coleira. Com o susto do latido e a quase mordida, acabou derrubando todo o suco de laranja do menino, que começou a chorar. Nem conseguiu se desculpar e continuou arrastado até o tribunal. O relógio batia nove horas da manhã e precisava se recompor. Havia esperança, afinal, haveria um *habeas corpus*. Ele sabia o que era um *habeas corpus,* é claro. Mal imaginava o advogado que ele trabalhava dentro da Justiça, sabia até o dia das sessões criminais, dava bom dia e conduzia o elevador para os doutores que iriam julgar o pedido de liberdade de sua filha e ele acreditava nela e tinha certeza, tudo daria certo no final.

*

Manhãs de segunda não costumam ser muito movimentadas no Tribunal. Há sempre a sensação de permanência do fim de semana, do descanso com preguiça de terminar, e muito mais assim no elevador de autoridades. Só quem chegou cedo foi doutor Cláudio. Bom dia João, como vai? Não fazia nem dois minutos que João havia sentado em seu posto. Tudo indo, doutor, tudo indo. Tentou João, quem sabe, mudando uma palavra, não estava tudo bem, estava tudo indo, não era a mesma coisa, afinal, na esperança de o doutor Cláudio perceber e tomar a iniciativa de ajudar, dizer passe na minha sala, venha me contar o que lhe aflige, mas o tempo do elevador é especial e esses pensamentos mal saíam da cabeça de João quando a porta se abriu e ele se foi.

Apertou o botão do elevador até o andar do Presidente, no alto. Esticou o pescoço. Clarissa tomava notas em sua mesa. Ela veio correndo falar com ele, sacudindo as mãos.

"Homem do inferno, por que não atende o celular? Te liguei o fim de semana inteirinho pra saber da Dani".

"Desculpe, não passei muito bem".

Conversaram sobre a visita. Sobre o advogado. Ela disse que não quer mais que eu vá lá, contou. Mas eu vou. E hoje vou levar umas bolachas e chocolate. Preciso sair um pouco mais cedo ou na hora do almoço.

"Mas como ela está? É perigoso? Preciso vê-la!"

"Bom, ela chegou sexta e falamos no sábado. Então não sei. Por que você não vai no próximo? É só fazer a carteirinha. Diga que é madrinha dela".

"Farei isso", e voltou correndo atender o telefone.

O jornal do dia se exibia no saguão de entrada, na mesa de centro. João vira a manchete ao passar por uma banca de revistas, "Denúncia de corrupção abala Governo e Tribunal". Então, havia mesmo algo sério no ar. Sua intuição nunca falhava. "Clarissa", sussurrou. Ela esticou a cabeça. "Você viu o jornal?"

Ela fez que sim com uma careta, um sinal de silêncio e aquele gesto desagradável do dedo cortando o pescoço. "Falamos no almoço", sussurrou. O elevador desceu até a garagem.

A doutora Lucimara chegava com uma de suas assessoras, a Mônica, que explicava algo relacionado a algum processo.

"É que a jurisprudência mudou, doutora".

"Bom dia, seu João", bom dia, Desembargadora.

Prosseguiu falando com a assessora.

"Faça duas versões da fundamentação e me traga até a hora do almoço".

"Sim, senhora".

A porta abriu e as duas saíram solenes.

O doutor Emanuel chegou minutos depois. Ouvia uma mensagem de áudio em seu telefone e cumprimentou seu João com a cabeça. Enquanto a porta fechava e o elevador subia, João baixou os olhos e reconheceu a voz do doutor Cláudio na mensagem.

".... então preciso que você cuide disso hoje pela manhã, enquanto eu vejo com a televisão, falamos depois, abraço". Emanuel guardou o celular no bolso do paletó e demorava-se em pensamentos. Ocupando quase todo o elevador ele suava, respirando rápido. Seu gabinete ficava no último andar, perto do Presidente, mas pediu pelo setor de informática. Segundo andar, o Doutor deve caminhar até o outro lado do edifício, explicou João. Voltaram a descer.

Sozinho novamente, João tomou discretamente o telefone celular e escreveu uma mensagem ao doutor Sanchez. "Me dê notícias, por favor". Quando se aproximava o relógio das onze horas chegou o Presidente. A essa altura o prédio abarrotava-se e toda gente perambulava. Houve ainda uma situação constrangedora, mas só um pouco, não muito, quando doutor Cláudio tomou o elevador na garagem e, piso térreo, apareceu o doutor Antônio Carlos. As brigas dos dois vinham ficando notórias, com direito a fofoca na coluna política do jornal. Não se deu maior quiproquó porque Antônio Carlos ergueu a mão em sinal de desistência.

Com as portas novamente fechadas, doutor Cláudio falou.

"Seu João, desculpe lhe pedir isso, preciso que você fique em seu lugar na hora do almoço. O Presidente dará uma entrevista ao vivo para a televisão e os jornalistas subirão por aqui. Você pode sair mais cedo para compensar, tudo bem?"

"Sim, senhor".

Seu João queria contar. Doutor Cláudio era, afinal, a pessoa mais próxima do que poderia talvez, em determinadas condições, reconhecer como relação de confiança ou "padrinho", como gostavam de dizer. Queria contar, mas não conseguia. O elevador subia e descia tão rápido, não havia tempo. "Doutor, sabe minha filha?", e ele diria "sei, claro, o que tem?" e nesse momento as palavras faltariam, ou então diria "doutor, minha filha está presa", uma forma mais direta que talvez prendesse sua atenção, ou melhor ainda "doutor, preciso de ajuda", buscando instigar e acessar aquele valioso espaço de empatia e solidariedade que mora em todo ser humano. Não conseguia. Ao invés, respondeu somente "sim, senhor" e aguardou com a boca fechada e os pensamentos em ebulição o sinal de chegada do elevador e a porta abrir.

Clarissa, que sempre pensa em tudo, pediu sanduíches para a equipe e para João. A comida chegou assim que os jornalistas entraram no Gabinete do Presidente. Seu João reconheceu a entrevistadora, famosa, sempre na televisão. Queria contar para alguém que a conhecera, mas não lembrou de ninguém.

Os dois ganharam alguns minutos durante a entrevista, pois todos os juízes auxiliares acompanhavam o doutor Nestor. Enquanto engoliam o sanduíche, Clarissa mostrou a página do jornal explicando a confusão. João leu, apreensivo. Sua intuição lhe dizia para ficar apreensivo. O jornal dizia: "*Um dossiê anônimo foi entregue ao jornal no domingo com documentos comprobatórios do que o Ministério Público suspeita ser um conluio entre Governo e Tribunal de Justiça visando favorecer a empresa Humanos na licitação para fornecimento de alimentação à população carcerária da Cidade*".

"Essa empresa Humanos é do filho do doutor Nestor", sussurrou Clarissa. "É o que estão dizendo".

Mais abaixo, a reportagem continuava: "*Em troca, segundo o dossiê, haveria um pacote de decisões judiciais de interesse do Governo, como a liberação da votação do projeto de lei aumentando a jornada de trabalho, objeto de protestos na última semana. O dossiê afirma ainda que houve pagamento de propina em dinheiro vivo e que os detalhes da negociação teriam ocorrido pessoalmente em visita do Governador dentro do próprio Tribunal, na noite de quinta-feira. Tanto o Governador como o Presidente do Tribunal divulgaram nota negando as acusações e negando qualquer encontro fora da agenda oficial. O Ministério Público, que também recebeu os documentos, está investigando a denúncia*".

João engoliu a seco, mas terminou o sanduíche. Saiu um pouco mais cedo, como permitido pelo doutor Cláudio. Despachou-se para um minimercado, temeroso do relógio. Não conseguiu ler todas as regras. Comprou o que ela gostava aos seis anos de idade, pegou até o cereal do urso listrado, "cum leitche", ela pedia, a sua princesa. A bolacha de mel com aveia. A bala colorida cheia de açúcar. O macarrão instantâneo, teria algum fogareiro na cadeia? Comprou maçãs, banana, barrinhas de todos os tipos, salgados e iogurte. O chocolate ao leite, só depois do almoço e antes de escovar os dentes. Comprou também escova e pasta de dente, como faria Rosana. Acomodou tudo no carrinho e gastou mais que do que seus rendimentos permitiam. Tomou a condução e chegou no presídio quinze minutos antes das seis horas da tarde, não com uma, mas com três sacolas cheias de comida.

Mostrou o papel da visita e a identidade para o casal de agentes penitenciários no balcão de recebimento dos mantimentos. Sem dizer nada, e usando luvas de plástico, despejaram o conteúdo dos três sacos em cima da mesa. A mulher jogou todas as maçãs no cesto de lixo, que ficava ao lado, balançando a cabeça em sinal negativo. Levantou o olhar para João, que abria a boca para reclamar.

"Não leu as regras, não? Isso não pode, isso não pode, isso também não pode", dizia enquanto jogava fora, item por item, agrado por agrado, no latão de lixo. João sentiu de novo o mesmo sentimento estranho, amargo, do momento que ficou nu para ser revistado, uma vontade de protesto que se convertia em autocensura, em contenção, e de repente se via pensando quão estúpido, que burro não ter lido com atenção todas as regras, que desperdício de tempo e dinheiro. Mas ele nunca chorava e tinha até vergonha de ter vontade de chorar tantas vezes nos últimos dias.

Após assistir, em silêncio, aos dois funcionários jogarem fora metade dos itens e abrirem a outra metade, quebrarem a escova de dentes deixando só a cabeça com as cerdas, descartarem a pasta porque de um modelo proibido, sobrou um chocolate e a bolacha de água e sal. Seu João então respirou fundo e, muito respeitosamente, perguntou:

"Senhores, com todo o respeito, por que não deixam entrar bolacha recheada?"

"O problema é o recheio, senhor. Nunca sabemos se o recheio é recheio", respondeu o moço, agora sorrindo.

João assentiu, com elegância. Virou as costas, ajeitou a gravata e retornou para o ponto do ônibus que o levaria para casa.

*

É terça-feira, dia de sessão criminal no Tribunal de Justiça. Sempre um momento pesado da semana, ao menos para os que sabiam dos assuntos em pauta. A lista de processos para julgamento, *habeas corpus*, apelações e afins ganhava letras maiores e vinha colocada, às terças bem cedo, na porta da frente do Tribunal, movimentando o povo por ser o único dia que isso ocorria e os pedestres poderiam parar e ver. O povo esperava sempre encontrar crimes bárbaros como homicídios cruéis acompanhados ou não de violação sexual e finalizados com atos de incrível frieza como um esquartejamento do cadáver para esconder o corpo, mas a verdade era que a Cidade não andava em seu período mais agitado e a lista alternava entre droga, furto, roubo e droga, roubo e furto.

Seu João também gostava de olhar o assunto principal dos processos para sempre lembrar e celebrar a importância do lugar em que trabalhava, acontece apenas que naquela terça sua curiosidade vinha conjugada a uma espécie de comiseração masoquista da própria situação. Prestaria atenção como nunca nos Doutores que participariam da sessão para julgar, em seus gestos, seu humor. João não podia abandonar sua banqueta no interior do elevador, mas acompanharia à distância o julgamento daquela terça e imaginaria, em cada momento, como seria aquela sessão em que o processo com o nome Daniela Aleluia compareceria à pauta.

Ainda muito cedo, dentro do ônibus, escreveu ao advogado, que não mais respondera. "Ainda sem novidades?", perguntou. Em alguns minutos a tela piscou. "Foi feito *habeas corpus*. Caiu com o desembargador

Bartolomeu das Neves. Linha dura. Não será fácil". Mas João sorriu, enquanto vinha à sua memória, como um turbilhão, os inúmeros encontros e pequenas conversas, muito rápidas, mas tão gentis, entre ele e o doutor Bartolomeu. Sobre aquele senhor bonachão, de porte grande, largo e alto, João sentia algo bom que não sabia ainda nominar, só sabia bom. Esperançava-lhe confiar em um tratamento mais sensível, misericordioso, e poder acompanhar de perto o desenrolar do pedido de liberdade de sua filha o fazia orgulhoso.

O doutor Bartolomeu sempre puxava assunto ao entrar no elevador. "Seu João, como faço para ficar elegante como você?". Certa vez, perto do Natal, ele disse: "Seu João, está sabendo do 'saidão' esse ano?". Ele se referia à permissão temporária para que alguns presos passassem o Natal em suas casas. "Mais de mil vagabundos na rua, João, mais de mil! Cuide de sua família". Saiu antes que João pudesse dizer algo além de concordar com a cabeça. De fato um absurdo, um absurdo, pensou. Sabia de três rapazes na vizinhança que viriam pra casa naquele ano, o filho da Cleide, da Lurdes e o da Célia. Soube por Rosana que a Cleide encomendara um pernil enorme, de tão feliz que ficara com a notícia. Sorte que eram todos legais e não causavam problema, imagine se fosse um desses vagabundos.

Ainda de manhã, quando o elevador parou no andar do Presidente, Clarissa perguntou, sussurrando: "Deu certo ontem?". Ele respondeu com as mãos, dizendo "mais ou menos". No jornal em cima da mesa, a manchete do dia dizia "*Investigação avança e Promotoria requisita gravações das câmeras do interior do Tribunal*". O elevador desceu.

Na garagem, perto do almoço, entrou doutor Bartolomeu. A sessão começa bem no início da tarde.

"Bom dia João, como vai hoje?"

"Bom dia, Doutor, estou bem e o senhor?"

"Muito bem, muito bem"

"Sabe, doutor, tenho uma filha, ela está um pouco perdida desde que a mãe morreu, anda fazendo coisas erradas, anda traindo os valores da família, mas ela não é criminosa", continuou. "Ela é minha princesa, Doutor", quando o sinal sonoro indicou que havia chegado e a porta abriu. Seu João não sabe se chegou a movimentar os lábios enquanto travava seu diálogo imaginário ou se montou qualquer expressão facial diferente da usual, profissional, padrão e rotineira, porque o doutor Bartolomeu impediu a porta de fechar novamente com o braço e perguntou "está tudo bem, João?", franzindo o cenho.

"Desculpe, Doutor, está tudo bem sim. Tenha um bom dia".

Em dias de sessão, o almoço é mais rápido. Poderia acontecer de chegar alguma autoridade, além dos desembargadores. Ao menos trinta minutos antes da cerimônia de louvores, João se fixava em seu lugar no elevador que não pararia de subir e descer até o início. Entrou Bartolomeu, entrou Lucimara, entrou Antônio Carlos, entrou João Tadeu, a doutora Luana, e o Presidente que voltava do almoço e foi a seu Gabinete.

Quando o ritmo acalmou, João não resistiu. Conhecendo os meandros e as rotinas do lugar, sabia como fazer. Deixou o elevador travado no andar da Sessão Criminal e a porta aberta. Se caminhasse poucos metros para direita, estaria em meio a advogados engravatados e togados, próximo à sala de sessões. De um certo ponto estratégico e desde que os advogados ficassem quietos, como ficariam, conseguia ouvir a sessão e perceber se acendia a luz de chamada do elevador. Se alguém chamasse, ele correria e em segundos estaria em seu posto novamente, sem maiores prejuízos.

Foi assim que logrou ouvir trechos da sessão daquela terça. O que já lhe interessava antes, agora muito mais. Ouviu os hinos na abertura e o anúncio da pauta. Começariam por um pedido de *habeas corpus* de réu preso, nome Leopoldo Bacarneras. Lembrou do jornal. Caso famoso, crime ocorrido no ano anterior, chocara a Cidade. O tal Leopoldo, dono de uma rede de restaurantes, matara a mulher com ferro quente em um acesso de ciúmes depois de beber. Seu advogado se preparava para entrar, tão concentrado que esbarrou em João e nem viu. Sempre o via na televisão. Como é bom este doutor, João o ouvia falar em defesa do cliente. O advogado levou fotos e as mostrava aos Desembargadores. As fotos mostravam desde Leopoldo bebê até brincando com os filhos, beijando a vítima no dia do noivado, no dia do casamento. Homem amoroso, cheio de responsabilidades, responsável por centenas de empregos, porém estressado por conta da crise econômica e a queda do faturamento. De outro lado, sua esposa o traía há anos com um de seus melhores amigos e ele descobrira tudo. Dirigindo-se aos homens do recinto, perguntou: Quem não está sujeito a errar? Quem poderia exigir ou garantir, com certeza, uma outra reação?

João espiava pela fresta da porta e via os Desembargadores ouvindo atentos, alguns assentindo com a cabeça. Só a doutora Lucimara tinha a cara fechada. O doutor João Tadeu, que presidia a sessão, de súbito começou a falar, algo como "muito respeitosamente ao nobre causídico", e seu João adorava esses inícios, "mas o caso ainda será julgado pelo Tribunal do Júri e aqui só cabe analisar o pedido de *habeas corpus*". O advogado respondeu prontamente que sim, com toda a razão, só precisava mostrar que seu cliente "não era um criminoso", não era um *ban-di-do* e foi interessante como ele pausou as sílabas com uma ênfase dramática.

A luz de chamada do elevador acendeu e seu João correu para movimentar a máquina. O doutor Cláudio retornava do almoço.

"Boa tarde, seu João. Precisamos falar mais tarde, ok?", disse.

"Boa tarde, doutor. É claro". Até logo.

O que poderia ser? João sentiu um frio na barriga. Será que tinham descoberto tudo sobre sua filha? E ele não poderia continuar ocupando seu posto? De repente, o elevador retornou ao andar da sessão criminal e entrou o advogado famoso de Leopoldo Bacarneras. Nem teve tempo de dizer que o elevador era reservado somente para autoridades porque o causídico, radiante, chegou falando ao telefone "Ganhamos! 2 a 1! Ele será solto ainda hoje!" e ele mesmo apertou o botão do térreo.

Tudo bem, pensou João, já o vi até na televisão. Ele ganhou. Então é possível ganhar, afinal. Havia esperança. Ele haveria de mostrar que sua filha era uma pessoa boa, como ele fizera com seu cliente.

*

Os últimos dias foram foda. A diretora é legal, mas tem uma agente que não sai do meu pé. Estava no pátio sozinha, bem tranquila, e ela me chamou perguntando se eu era filha de bacana. Dei risada, você deve estar brincando, eu disse, e cuspi no chão. Aí ela me deu um tapa doído no rosto. Subiu uma raiva lá de dentro, sabe? Por que você me bateu, sua pilantra? Na minha cabeça eu pulava em cima dela com as mãos no pescoço, mas não fiz nada disso. Não sei qual movimento eu fiz ou o que disse, quando percebi já estava imobilizada na parede por ela e outra agente grandalhona. Agora vou ter que responder em um tal de conselho disciplinar. Botaram no papel que desacatei. Vá se foder. Fiquei no isolamento por dois dias e a diretora mandou me colocar de novo na cela. A diretora é legal. Mas pelo que entendi não tenho visita no próximo sábado. Não sei se você viria, confirma lá pra não perder a viagem. O clima tá ruim aqui. Não sei como era antes, é o que as presas estão dizendo. Por causa da masculina. Mataram um sujeito lá e talvez tenha guerra. Problema é que tá cheio de mulher dos caras e aqui não cuidam de separar por galeria. Foi o que me disseram. Aí por causa de segurança estão pegando pesado com a entrada de comida e roupa. Meu pai mandou entregar uma bolachinha de água e um pedaço de escova de dente. Não sei se ele tinha colocado mais coisa. Eu podia aproveitar pra emagrecer, né? Mas a comida aqui incha a gente de tanto sal. Preciso te dizer mais uma coisa. Fiz uma amiga. O nome dela é Maria. Está na mesma cela que eu, presa por roubar uma caixa de cerveja. Furtar, na verdade, porque ela só pegou e prenderam ela. Mora sozinha com a mãe idosa que precisa dela até pra ir no banheiro, e a velha está sozinha. A gente tem feito companhia uma pra outra aqui, ajuda muito, entendeu? Só queria te contar porque te amo e quando sair daqui não muda nada entre a gente. Você podia me responder, né? Me responde pelo menos uma vez.

*

Bandido. A palavra pronunciada devagar permaneceu nos devaneios de seu João enquanto o elevador subia e descia, após a sessão. Reconhecer a marca nos outros lhe produzia certo alívio, mas o peso da palavra perto da família escurecia o céu. Desde pequeno ouvira e repetira a necessidade de ficar longe dos vagabundos da vila que queriam vida fácil, roubando os outros, atemorizando as pessoas de bem. Por outro lado, acabara de ouvir, e os Doutores concordaram, que todos podiam errar, afinal, e se o sujeito que cometera aquela violência com o ferro quente na mulher não era *ban-di-do*, sua filha também não poderia ser e com muito mais razão. Talvez uma adolescente rebelde perdida na vida, mas e o que há nisso, ruminava seu João quando a porta abriu e ouviu doutor Cláudio dizendo "pode vir um minuto em meu gabinete?".

João permaneceu em pé e doutor Cláudio não sugeriu sentar. O juiz mantinha o telefone aos ouvidos, perto da janela de vidro, com vista para a praça, mais ouvia que falava, concordava, dizia que sim, sim, claro, e enquanto isso João viu Leo, o filho mais velho do doutor Cláudio, abraçado com o pai e duas pranchas de surfe em um dos porta-retratos de sua mesa. No episódio em que o viu chorando no elevador, ainda no Fórum de Pequenas Causas, só soube depois, pelo outro ascensorista do prédio, que tudo ouvia, que o fato ocorrido dizia respeito ao filho Leonardo, flagrado vendendo pó e maconha no colégio. Suspeitamos que ele é o responsável pela distribuição de drogas para outros colégios, disse o diretor da escola à época.

João nem ninguém dos funcionários mencionaram o assunto com doutor Cláudio. Ninguém se atreveria. Todos sabiam do constrangimento, das conversinhas de corredor entre outros juízes e promotores e da fúria de doutor Cláudio com quem ousasse entrar no tema sem permissão. A conclusão da história: o menino é de bem, precisamos de sensibilidade com os erros dessa geração, a nossa geração, os nossos filhos, conversava-se em voz baixa atrás das portas dos gabinetes. Não podemos sacrificar, por uma bobagem adolescente, os que estão destinados a liderar nossa sociedade! O assunto acabou quando o garoto viajou para a Europa, onde estudaria por um ano. Às vezes ele vinha falar com o pai no Tribunal. João o cumprimentava no elevador, menino educado. Na última vez que o vira, estava noivo e estudando para concurso de juiz ou promotor.

"João, alguém lhe procurou ou você recebeu algo pelo correio nesses últimos dias?", doutor Cláudio colocou o telefone na mesa e perguntou.

"Não, senhor", respondeu.

"Se você receber qualquer coisa diferente ou for abordado por quem quer que seja para falar de assuntos relacionados ao Tribunal, você me conte primeiro, certo?"

"Mas é claro, doutor".

"Posso confiar em você?"

"Pode confiar, doutor".

"Era só isso. Tenha um bom final de dia".

João se virou para sair, mas as palavras enroscadas na garganta saíram vivas.

"Doutor Cláudio, tinha uma coisa que queria contar. Sabe a Daniela, minha filha?"

Tremia, envergonhado. Quando se virou, porém, doutor Cláudio havia voltado ao celular e digitava rapidamente, concentrado.

"Desculpe, João, você disse algo?"

"Não, doutor, desculpe. Até logo".

*

Sua filha também não era bandida, disso ele tinha certeza. Naquele dia, João voltou ao culto para agradecer ao Pastor pelo advogado. Chegou mais cedo, para participar da celebração. O Pastor incendiava-se no palco, falava bonito, do perdão de Cristo e de nossos pecados e do amor infinito por cada um de nós e João, que se sentia tão sozinho, viu-se parte de algo maior. Foi tocado especialmente quando o Pastor elevou a voz, gritando, para não ter vergonha, você não precisa ter vergonha, "você só precisa se arrepender e se colocar nas mãos D'ele", e João de súbito pensou que não precisava sentir vergonha, havia tantas coisas em comum entre aquelas pessoas, entre ele e a família ao lado, e a mulher sozinha atrás, e o velho na sua frente. Só não gostava da ideia de deixar tanto dinheiro em cada culto, pão duro como um turco, dizia sua mulher, andava frágil, caindo pelos cantos, o velho seu João, uma criança pedindo pelos pais.

Mas o discurso todo sobre pecado, arrependimento e perdão o transportou para certos lugares escuros. Sabia negar os próprios erros, acontece que com o chão virando gelatina sob os pés, toda falsa convicção torna-se vulnerável. De olhos fechados e as mãos abertas para cima, ouvindo o Pastor, via-se batendo na mulher que amava com a panela com a qual ela preparava o jantar, após discutirem por algum motivo esquecido. A comida no chão e ela chorando encolhida em um canto da cozinha, enquanto a pequena Daniela espiava, assustada. De repente, sua filha tinha algo perto de doze anos? Ela pedia um fim de semana na praia. Ele não queria, irritou-se com a insistência, gritou com ela. Buscou em recantos do passado lembranças de momentos felizes, sorrisos, risadas, os aniversários, ele gostava de ajudar a organizar as festinhas em casa, ou na escola, viu sua filha vestida de Minnie soprando a velinha de cinco anos e decidiu que precisava de fotos desses momentos, imagens que pudessem ajudar a justiça a entender a história de Dani, juntaria os exames que comprovassem a doença de Rosana e tudo mais que pudesse mostrar quão difícil, traumático, e ele não soube lidar, ele sumiu, ele tinha medo de falar com a filha, ele precisava que o doutor Bartolomeu soubesse de tudo o quanto antes.

Saiu rasteiro quando terminou. Chegou mais perto do Pastor para agradecer. "Como estão as coisas?", ele perguntou, e João respondeu que pediram a sua liberdade ao Tribunal, mas precisava ir para casa, resolver algumas coisas relacionadas ao processo. Amém.

Despejou as gavetas cheias de documentos, fotos e lembranças em cima da cama. Separou o atestado de óbito e resultados de exames que mostravam a piora da doença de Rosana. Descobriu tesouros em um envelope empoado. Um trabalho de escola caprichado com pequenas flores desenhadas a mão, um cartão de aniversário dizendo "te amo papai" e um poema que ela inscrevera no concurso do grêmio, um pouco mais velha. Ela não é bandida, João repetiu a si mesmo, e eu posso provar.

*

Seu João levou ao trabalho a pasta que separou, cheia de fotos e papéis, e a abrigou embaixo do assento da banqueta. O tempo mudara e fazia calor naquela manhã. Embora protegido pelo ar-condicionado, sentia o bafo do ar seco da rua quando a porta abria no andar térreo. Embora o elevador de autoridades não se achasse exatamente perto da entrada, havia um corredor e quando alguém deixava a porta aberta, o ar se movia. Nos demais andares a coisa não mudava muito, roteiro feito de cheiro de gasolina na garagem e baforadas geladas de ar condicionado nos andares dos gabinetes e salas de julgamento.

Na hora do almoço, no refeitório, Clarissa perguntou.

"E aí? Alguma notícia?".

João balançou a cabeça.

"Vou ligar pro advogado depois de comer. Na verdade, vou passar lá no escritório dele".

"Fica aqui perto?"

"Fica".

Mas Clarissa não agia como Clarissa e João notou. Não encerrava a frase. Começava uma pergunta e não terminava.

"Clarissa, você quer me dizer algo?"

"Não, por que?", ela hesitou, olhou para o lado e baixou a voz. "Sabe o que é? Ouvi sem querer ontem o doutor Nestor e o doutor Cláudio conversando, eles deixaram a porta entreaberta, e acho que falavam de você".

Seu João parou de mastigar e ficou olhando Clarissa, como quem diz "e aí, agora diga o que ouviu", e ela prosseguiu.

"O doutor Nestor perguntou pro doutor Cláudio se achava que iam chegar nele, e o doutor Cláudio respondeu acho que sim, acho que vão intimá-lo para depor".

"Depor?", João franziu o cenho.

"O doutor Nestor estava nervoso, em pé, disse como fomos deixar isso acontecer, e perguntou se doutor Cláudio tinha certeza sobre confiar nele, e ele respondeu que sim, que conhece ele há décadas, desde o Fórum de Pequenas Causas, e que se necessário iriam conversar, e foi então que percebi que podia ser de você que falavam".

Seu João começava a entender do que se tratava, mas sua profissional discrição seguia inabalável.

"Você sabe do que se trata?", ela perguntou curiosa.

"Creio que sim, mas é algo protegido pelo sigilo profissional", respondeu.

"Ah, João, tenha paciência", resmungou. Ele já se levantara, sem esconder o contentamento e algum orgulho pelas palavras elogiosas do doutor Cláudio ao Presidente. Precisava passar no escritório do doutor Sanches.

*

"Em que posso ajudar?", perguntou o advogado abrindo a porta de vidro, com um sanduíche pela metade na outra mão.

"Sou João, pai de Daniela Aleluia, da Igreja. Vim trazer um material que pode ajudar e perguntar se tem notícias".

"Ah sim, claro", respondeu doutor Sanches enquanto voltava ao computador, digitando e mastigando.

"A liminar foi negada, senhor João", disse.

"O que isso significa?"

"Significa que o desembargador relator não considerou possível soltar sua filha de imediato. Mas, veja aqui, uma boa notícia, ele deve levar o pedido a julgamento na próxima sessão".

Seu João se sentou, abrindo a pasta que trouxera. Ele não sabia da possibilidade de Dani ser solta imediatamente, mas a notícia não deixava de ser ruim. Ao menos havia uma data, terça-feira, menos de uma semana. E essa semana demoraria a passar.

"Eu trouxe algumas coisas sobre a Dani que podem ajudar no julgamento", disse, enquanto colocava na mesa comprovantes da doença da mãe, os trabalhos escolares, a poesia e algumas fotos. Pra provar que ela é uma boa menina. Veja esse desenho, e essa carta que ela me mandou, olha, tinha quase quatorze anos.

O advogado tomou tudo em suas mãos e quase riu, contendo-se a tempo, ou talvez fosse só impressão.

"Certo, senhor João. Vou verificar como posso aproveitar esse material", disse. Ambos se levantaram e caminharam até a porta.

"Tem mais uma coisa", disse João, fora da sala. "Quais são os nomes dos desembargadores que vão julgar o pedido?".

O advogado voltou ao computador, impaciente. "Bartolomeu das Neves é o relator", disse, "os outros dois que votam serão a doutora Luana e o doutor Antônio Carlos. Mas por que a pergunta?".

"Não é nada. Gosto de acompanhar".

*

De volta ao Tribunal, Clarissa chamou o elevador do Presidente só para falar com seu João. Mostrou uma sacola com bolachas, um moletom e um cobertor.

"É pra Dani. Vou levar lá hoje ou amanhã".

"Obrigado. Não sei se devo ir na visita de sábado. Ela disse que não queria".

"Ela quer e precisa, homem. Vocês deviam se resolver. Passar umas coisas a limpo, sabe?".

O tempo se arrastou no que restava da semana com a nauseante sensação de sobe e desce. Clarissa foi até o presídio na manhã de quinta-feira e conseguiu a muito custo entregar a sacola com os alimentos e agasalhos. Lá soube que Dani havia xingado ou brigado com uma agente e não teria direito a receber visita no sábado. "No outro você vai de qualquer jeito" disse de dedo em riste a João quando voltou. Ela ouvira as presas gritando, ao longe, enquanto esperava atendimento na portaria.

Seu João conservou-se em sua cadeira, mergulhado em devaneios, mas atento, mais que nunca, cada vez que entrava algum doutor ou doutora da sessão criminal. Se fosse um dos três, então, doutor Bartolomeu, doutor Antônio Carlos, doutora Luana, desdobrava-se em simpatia, embora comedido, como sempre, mas com um sorriso novo, a súplica silenciosa atrás do olhar. Pedia justiça a Deus porque sabia que sua filha não merecia o que passava.

Naqueles dias, várias vezes levou o elevador até o quarto andar vazio e deixou a porta aberta, ouvindo o silêncio, imaginando as pessoas, lembrando e antevendo. Quarto andar, após o almoço. Quarto andar, na terça-feira. Foram tantas terças abrindo e fechando e subindo e descendo, e não havia nenhuma como a próxima terça-feira, após o almoço.

A ansiedade avolumava-se a tal ponto que seu João não ouviu a rádio nem leu as manchetes, como de costume, e não viu que a crise envolvendo o Governo e o Tribunal continuava ocupando as notícias, que o Governador desmentira em entrevista e em nota oficial o suposto encontro com o Presidente do Tribunal em qualquer circunstância fora da agenda, não leu a declaração do Promotor dizendo que o conteúdo das câmeras de vigilância dos corredores do Tribunal desapareceram misteriosamente exatamente nos dias dos supostos encontros, nem pôde ver a coluna de fofocas políticas de segunda-feira comentar a informação de fonte não identificada dizendo que o Ministério Público obtivera dados sobre a entrada e a saída de todos os funcionários na semana em suspeição.

*

Tá todo mundo trancado faz três dias, ninguém sai pro pátio, pra estudar, pra trabalhar, pra nada. Acho que minhas pernas vão atrofiar de tanto tempo que fico deitada na cama. Tô dormindo na parte de baixo de um dos beliches e às vezes me viro pra parede e tento esquecer de tudo. A parede é branca, meio encardida, que nem lá em casa, e eu fico imaginando que estou no meu quarto com preguiça de levantar pra estudar e que logo mamãe vai entrar no quarto e abrir a janela e começar a fazer barulho de propósito ao invés de me sacudir e dizer acorda logo, veja que horas são. Deixaram mais umas coisas aqui pra mim, não sei se foi papai ou a Clarissa, tinha junto uma foto nossa, nós três, eu, papai e mamãe na praia, ela tão feliz, sorrindo tanto, e eu também. Até papai sorria nessa foto. Coloquei no estrado da cama de cima, bem na altura dos meus olhos. Durmo e acordo olhando pra ela. Daqui a pouco vão servir a janta. A gente come antes de cair a noite aqui, e já vai dormir ou pelo menos deitar, porque no outro dia tem que levantar cedo. Com essa palhaçada de ficar todo mundo trancado, tanto faz, né? Podiam deixar a gente dormir e servir o rango em qualquer outro horário. Tá assim porque umas três grandonas moeram de porrada uma outra presa, quase mataram ela. Eu estava no pátio, foi horrível, achei que ela tinha morrido de tanto sangue no chão. As agentes viram tudo e deixaram. Só vieram depois, fingindo surpresa, levar as três pro isolamento. Mas elas viram, eu tenho certeza. Rola muita sujeira aqui, sabe? Você está recebendo minhas cartas? Aconteceu que desde esse ocorrido não saiu mais ninguém da cela. A diretora passou por aqui e disse que era pra evitar rebelião. Que os homens no presídio da frente estavam na mesma situação. Que tinha guerra na rua. E quando tem guerra na rua tem guerra na cadeia. Isso foi aqui na cela que falaram. Essa noite acordei toda tremendo. Tenho muito medo. Não quero encrenca com ninguém. Só quero voltar pra casa.

*

Principiou terça-feira, dia do julgamento do pedido de liberdade de Dani. João acordou às quatro da manhã, aprontou-se e foi ao Tribunal que, naturalmente, tinha as portas fechadas. Aberta somente a padaria a duas quadras da Corte, onde ele sentou e pediu um pingado. Pela janela, viu o escuro ceder ao dia agoniado.

Cada vez mais pessoas desciam dos ônibus e atravessavam as ruas à medida que seu horário de bater o ponto se aproximava. É um vai e vem danado, essa Cidade, eu que sempre vejo o mundo na vertical, como um sobe e desce, às vezes não noto esse movimento na horizontal, que tem bem mais possibilidades. Perdido em desvarios, checou o telefone para ver se o advogado lera sua mensagem enviada mais cedo, ainda de madrugada. "Boa sorte", escreveu. "Estarei em oração o dia todo".

Clarissa apareceu no elevador com uma barra de chocolate de presente e disse confiar na justiça. "Nossa Dani é uma querida e vai sair dessa", disse ela, apertando sua mão. Quando o relógio bateu duas horas, João posicionou-se do lado de fora, no mesmo lugar, como fizera na semana anterior. Encerrada a abertura e os louvores, percebeu que o advogado se preparando para entrar e falar era o doutor Sanches. Virou para a parede e o coração encheu-se de esperança. Quando João se viu sozinho, mudou de planos. Correu até o elevador e liberou sua trava, caso alguém chamasse. Voltou à sala de sessões e entrou. Sentou-se ao fundo, quase escondido, mas entrou. Em sua primeira vez no luxuoso recinto, ele só queria ouvir, acompanhar e rezar.

Viu tudo como bom e bonito, como imaginara. As cortinas bordô de veludo lembravam filmes de palácios medievais. Os doutores Desembargadores formavam um semicírculo, elevados em móveis de madeira maciça, com detalhes folheados em ouro. Conhecia cada um deles e esperava que ninguém o notasse. Ao menos vestia terno, como todos os outros sentados nos bancos. Dessa vez não viu ninguém que parecesse uma mãe, um pai ou filho. O doutor Bartolomeu das Neves, à esquerda, folheava anotações com os óculos caídos no nariz. A seu lado, a doutora Lucimara olhava fixamente para algum ponto incerto do lado oposto do salão. À direita, sentavam o doutor Antônio Carlos e a doutora Luana. No centro, de frente ao público e aos advogados, o doutor João Tadeu aguardava o momento de iniciar a sessão. Acima de sua cabeça, pregado à parede, pendia um enorme crucifixo.

Bendito seja o fruto da justiça, disse o doutor João Tadeu. Estamos hoje aqui reunidos para julgar a pauta do dia, com as graças de nosso Senhor. Amém, todos responderam. Percebeu que em sua banqueta havia a folha da liturgia, contendo o roteiro dos julgamentos e os processos a serem julgados naquele dia. Seus olhos caíram diretamente no item dois da lista, que dizia pedido de *habeas corpus* paciente Daniela Aleluia advogado João Sanches. Seu estômago congelou. Quando levantou os olhos, bateu diretamente com os da doutora Lucimara, olhando curiosa, cochichando com o doutor Bartolomeu a seu lado. Falam de mim, pensou, que vergonha. Baixou os olhos e tentou evitar seus rostos, colocando-se atrás da cabeça do jovem sentado à sua frente.

No primeiro processo julgado, um advogado ruivo, muito jovem, levantou e fez uma espécie de discurso defendendo a liberdade de um rapaz chamado Adalberto. João entendeu que ele se comportava de maneira agressiva por conta do vício em crack. Sob efeito da droga, parou duas estudantes na rua e pediu dinheiro. Quando elas tentaram passar, ele não deixou, barrando seu caminho com o corpo à frente. Uma tentou correr e ele colocou o pé, fazendo-a cair no chão e machucar a boca. Cambaleando, caiu também e foi quase linchado até chegar a Polícia e levá-lo preso.

O advogado não ia bem. Gaguejava e tentava forçar frases de efeito. João percebeu que os doutores não prestavam muita atenção. Mal deu para entender a conclusão de seu raciocínio, porque parou de falar de repente. O julgamento começou. O desembargador Antônio Carlos leu um texto por cinco minutos. Difícil acompanhar, mas João entendeu perfeitamente que a acusação contra Adalberto era gravíssima e que ele constituía uma ameaça à sociedade. Logo, não poderia, em hipótese alguma, ser solto naquele momento. "Pela denegação da ordem, Excelência". Rapidamente, o doutor Bartolomeu puxou o microfone e disse apenas "acompanho". O doutor João Tadeu fez o mesmo. "Acompanho e declaro o *habeas corpus* denegado por unanimidade".

"Segundo item da pauta, *habeas corpus* em favor de Daniela Aleluia, filha de Rosana e João Aleluia, se estiver presente o advogado favor se manifestar".

Viu doutor Sanches se levantar, algumas fileiras à sua frente, e caminhar até o púlpito no centro, onde havia um microfone. Ouvir seu nome e sobrenome pronunciado daquela maneira o golpeava. Acaso o descobririam? Seria reconhecido por todos? Teria que voltar correndo para o elevador, como um aluno malcriado? Passou rapidamente os olhos por todos os desembargadores, nada parecia ter chamado a atenção. Deu-se conta, então, que só o doutor Cláudio sabia seu nome completo.

Doutor Sanches dissertava sobre a inocência "da acusada", argumentando que ela merecia provar sua inocência em liberdade. Seu João não gostou da linguagem do advogado, preferia Daniela. "Acusada" a igualava a todos os outros e reduzia suas chances. O advogado falava bem. Mencionou sua ficha limpa e destacou a ninharia da quantidade de drogas em seu bolso, tão insignificante, não servia para uma acusação de tráfico de drogas, se há vício ela poderia ser internada, iria voltar para a Igreja e requeria assim sua liberdade, fim.

Enquanto doutor Sanches falava, o desembargador Bartolomeu continuava concentrado em suas anotações e pilhas de papéis. O coração de João lhe apertava o peito. Contara tantas coisas ao advogado, mas ele ignorava solenemente todos seus argumentos. Não disse nada sobre a história de sua filha, não tratou da perda prematura da mãe. Sentiu vontade de levantar e dizer doutores, pelo amor de Deus, eu sou o pai dela, sou um péssimo pai, a culpa é minha, me prendam, soltem minha filha. Se vocês soubessem, se vocês soubessem nossa história!

Ao invés disso, teve a impressão de que assistia ao mesmíssimo ritual do caso anterior. Doutor Bartolomeu começou a ler seu texto e ninguém parecia prestar atenção. Até mesmo o doutor Sanches digitava algo em seu telefone. O presidente bocejou. Seu João identificou palavras duras naquele texto ininteligível. Na voz sonolenta do doutor Bartolomeu, compreendeu que o tráfico de drogas destrói famílias, inverte valores, esfarela os pilares de uma nação, uma traição a Deus. O tráfico de drogas é um dos crimes mais graves em nosso ordenamento jurídico e coloca em risco toda a nossa sociedade, e João sempre concordara com isso, mas a minha filha... Sentiu-se tonto, incapaz de levantar. Não distinguia mais as frases, só as palavras esparsas do doutor Bartolomeu.

"A ré está desempregada, senhores, claro indicativo de retorno à delinquência. Ávida pelo lucro fácil e desonesto, ao invés de se dedicar a seu lar, às tarefas domésticas e à maternidade foi pega em via pública, em horário de preparação para o trabalho, vendendo drogas ilícitas".

"Pela denegação da ordem", concluiu o doutor Bartolomeu. Assim como no item anterior da pauta, dessa vez foi a doutora Luana e o doutor Antônio Carlos, apenas disseram "acompanho". Então negaram a liberdade de Dani. Correu atrás do advogado, que saía da sessão enquanto começava o julgamento do terceiro caso do dia. No corredor, doutor Sanches olhou surpreso e mal reconheceu seu João.

"O senhor veio! Mas como sabia?", perguntou o advogado.

"Trabalho aqui. Venha, pode descer por esse elevador", respondeu João, caminhando cabisbaixo para seu posto.

"Esse elevador não é exclusivo para autoridades?"

"Não, venha", João indicou com o braço. "Só me responda, para eu entender. Por que você não falou nada sobre minha filha? Nada do que lhe contei? Não mostrou as fotos? Não disse quem ela era de verdade?"

O advogado engoliu em seco, antes de descer no andar térreo.

"Sinto muito, mas nada disso importa. Fique tranquilo que usei todos os argumentos jurídicos possíveis. Vamos continuar tentando". A porta fechava. "Até logo".

*

Para quem não sabe, dizia o professor, a iconografia da justiça mudou muito ao longo da história. Muitos anos antes de Cristo, os egípcios tinham na deusa Maat uma jovem mulher com uma pluma nos cabelos e uma perfeita simetria quando de braços abertos. Para que a pluma? Para pesar as almas! Após a morte, ela colocava a pluma em um dos pratos da balança, e no outro prato o coração do morto. E ai daqueles de coração pesado!

Na antiga Grécia, vocês devem ter ouvido falar de Themis. A novidade? A balança na mão direita. Todos conhecem a ideia da balança. O equilíbrio, a imparcialidade, o senso de proporção.

Lá fora, chovia forte. O barulho da água no forro metálico atrapalhava a palestra.

Muito tempo atrás, o Império Romano colocou uma espada nas mãos da deusa Justiça. A espada é a força para garantir a aplicação das próprias decisões. Mas a espada pode tornar a justiça letal. Pode haver justiça sem espada? Vamos debater depois do intervalo.

Agora, meus senhores, vejam essa imagem.

O projetor mostrou um desenho. Parecia um desenho porque preto e branco. João sorriu, divertido. A deusa Justiça, uma mulher, sentava empunhando a espada na mão direita e a balança na mão esquerda. Mas atrás dela havia uma pessoa vestida de palhaço ou bobo da corte, em pé, colocando uma venda nos olhos dela.

Essa imagem é de 1494, meus senhores, ele prosseguiu. O que vocês veem nela?

Houve um murmurinho pelo auditório.

"A dona Justiça no salão de beleza", disseram alto. Alguns riram.

João gostou do professor do dia, mais que das outras vezes. Como sempre, olhava no relógio e logo se evadiria. Já assinara a lista de presença. Mas a imagem lhe perturbava. Nem a deusa Justiça nem o estranho homem vestido de bobo da corte pareciam felizes. O professor explicou que as vendas nos olhos só apareceram nas imagens da Justiça no século dezesseis. Sem olhar para outros interesses, sem simpatizar com uma das partes. Explicou que aquela imagem vinha como sátira, que a venda nos olhos aparecia, ao menos ali, como algo negativo e um sinal de fraqueza.

Talvez porque essa venda nos olhos seja de um cinismo descarado, não acha, João? Na apostila, ele leu que a imagem consistia em uma ilustração de um livro antigo em forma de poema chamado a nau dos insensatos, ou nau dos tolos, o que significava em bom português a nau dos idiotas, dos frouxos, dos enganados. Dos péssimos pais. Como você, João, um idiota como você, escutou o senhor a seu lado dizer. Sobressaltado, olhou para o homem alto a seu lado e era o doutor Bartolomeu das Neves.

Não era mais memória, era sonho, era hoje, e Dani continuava presa.

*

"Venha em minha sala, João, preciso falar com você novamente", disse doutor Cláudio, que chamara o elevador só para isso. Quase fim do expediente e João, sem dizer nada, levantou devagar.

Ele já imaginava. Na hora do almoço, Clarissa contou que o Tribunal recebera uma intimação pela apresentação de alguns funcionários para depor ao Promotor na investigação das denúncias de corrupção, ele por primeiro.

"Você está estranho, homem. Não vai comer, não?", ela perguntou.

"Sem fome hoje. Não me sinto muito bem", mentiu.

Sem fome, de fato, mas se sentia perfeitamente bem. O Tribunal é que era outro, o elevador encolhera, ele não via a hora de ir para casa e aguardar o sábado, quando poderia visitar Dani novamente.

Entrou no gabinete do doutor Cláudio e permaneceu em pé. O juiz deixou o celular na mesa e foi direto ao assunto.

"O Promotor quer acabar conosco, sabia? Ele conseguiu uma ordem judicial da Capital para apreender o registro de entrada e saída dos funcionários da Presidência. Você saiu tarde, você bateu o ponto aquele dia, não foi?"

"Sempre bato o ponto no horário que saio, doutor", respondeu João.

"Precisamos de você, João. Precisamos que você salve a casa da Justiça".

João hesitou.

"Não entendo, doutor, como poderia fazer isso?"

O doutor Cláudio tomou nas mãos um papel solto em sua mesa e deu a João.

"Você foi convocado pela Promotoria de Justiça para depor depois de amanhã. Vão te perguntar sobre esse dia que você ficou até mais tarde no prédio. Os registros de vídeo dos corredores sumiram, não sabemos o que houve, mas vão perguntar se o Governador esteve aqui. E preciso que você diga que não, tudo bem? Que apenas o Presidente ficou até mais tarde, além de outros de sua equipe".

João engoliu em seco e fingiu que lia várias vezes o papel com a convocação, mas na verdade buscava amenizar o constrangimento do silêncio que caía sobre a sala. O doutor Cláudio agia naturalmente, como se tivesse acabado de pedir que servisse um café. Voltara ao celular, onde digitava algo rapidamente.

"Doutor Cláudio, com todo o respeito. Se eu tenho que mentir pro Promotor, tem algo que preciso pedir em troca".

O juiz levantou as sobrancelhas e, com a mãos, pediu que continuasse. Interessado. Talvez fosse a primeira vez, em décadas, que ouvia seu João falar em outro tom.

"Minha filha está presa por tráfico de drogas. Ela é inocente. Sei que é".

E durante não menos que quinze minutos, pelo menos, seu João falou sobre Dani. Narrou de episódios de criança às dificuldades de relacionamento com a esposa e com a filha adolescente. Explicou como a doença e a morte da esposa pioraram ainda mais sua relação com a filha. Admitiu, com voz trêmula, que se sentia responsável por tudo que estava acontecendo. E que Dani gostava de fumar maconha, mas nunca vendeu pra ninguém e ele acreditava nela. Durante todo o tempo que falou, seu João continuou em pé e de olhos fixos no chão.

Quando terminou, o doutor Cláudio, que sempre lhe ajudara, parecia comovido.

"Mal imagino como você deve estar se sentindo, João. Devia ter me contado antes. Sente, por favor", e pegou uma folha do bloco de notas à frente.

"Tome, é o telefone de um defensor público que conheço. Amanhã cedo prometo que falarei com ele e pedirei que dê toda atenção ao caso".

João, que não tinha sentado, pegou o papel contrariado.

"Doutor Cláudio, ela já tem advogado. O julgamento foi ontem aqui no Tribunal".

"Ah, é?", ele estranhou. "Aqui, tão rápido?".

Mas logo entendeu. "Claro, foi um *habeas corpus*".

"Disseram coisas absurdas da minha filha ontem, doutor".

O doutor Cláudio balançou a cabeça, com um olhar de pena. Parecia pensativo. Não sabia como ajudar.

"Tráfico de drogas é uma acusação muito pesada, João. É difícil sair mesmo. Vivemos uma guerra para salvar nossa juventude, sabia?".

"O doutor não pode conversar com o doutor Bartolomeu e explicar que foi um mal-entendido?", arriscou João.

"Cuidado com o que você está me pedindo, João. Não posso passar por cima da justiça".

Segundos de pesada mudez boiaram na sala até que doutor Cláudio voltou a falar.

"Não sei se você entendeu, mas ela não foi condenada por nada ainda. O Tribunal só negou soltá-la nesse momento. Vou verificar quem é o juiz que está com o caso lá no Fórum, pode ser? Como agradecimento pela sua contribuição ao Tribunal, como conversamos".

João concordou e se levantou.

"João".

Ele se virou.

"Os dois assuntos são um absoluto segredo entre nós, ok?"

"Sim, senhor".

Saiu do gabinete devagar, sem olhar para trás.

*

O depoimento aconteceria às nove horas da manhã de sexta-feira. O gabinete do Promotor ficava em um prédio próximo ao Tribunal, que João não conhecia. Menor, com o interior bastante parecido. Como lá, havia uma enorme pintura na entrada, em meio a estátuas de olhos vendados. Ele mal chegou na sala de espera e ouviu seu nome ser chamado.

Muito gentil o Promotor. Uma moça loira o acompanhava, digitando rapidamente ao computador. Havia um gravador sobre a mesa, próximo à cadeira destinada a João.

"Então, nesse dia, temos aqui o registro de sua saída do prédio do Tribunal às vinte e uma horas e quarenta minutos. Confirma?"

"Sim, senhor".

"Por que ficou até tão tarde? Houve uma ordem nesse sentido?"

"Não, senhor. O Presidente estava no prédio e achei que seria importante ficar até ele sair".

"Quem mais foi ao Tribunal nesse dia?"

Enfim, a pergunta esperada. João não sabia mentir, mas precisava tentar. Era sua aposta. Baixou os olhos.

"Não sei, senhor. Vi apenas o desembargador Presidente e alguns juízes que trabalham no seu Gabinete. Saio por outra porta".

"Tem certeza que não havia uma reunião ou visita de alguma outra autoridade?"

"Não vi, doutor".

"O senhor conhece o rosto do Governador do Estado, certo?"

"Sim, senhor".

"Ele não estava no prédio do Tribunal nesse dia?"

"Não vi, doutor".

"E em algum outro momento?"

"Sim, a última vez creio que foi há algumas semanas, após o almoço".

Impaciente, o Promotor desligou o gravador e fez um sinal para a moça, que parou de digitar. Rabiscou algo em um cartão que pegou ao lado de seu telefone e empurrou uma folha para João onde havia seus dados e a data.

"Preciso que o senhor assine aqui, onde está marcado. E tome, esse é meu cartão, com meu telefone celular anotado. Caso queira falar mais alguma coisa, pode me ligar". Ele parecia saber.

Clarissa o aguardava na rua, próximo à entrada do Tribunal. Não prestou atenção quando ela segurou devagar na sua mão e disse "vai ficar tudo bem".

"João, está me ouvindo? Vai ficar tudo bem".

"Não, não vai", ele respondeu.

"Onde está o João sempre firme e confiante na justiça?"

"É esse o problema, Clarissa. Nem me importo mais se ela vende droga ou não vende, você entende? Não faz diferença pra mim. Só quero ela aqui comigo."

Os dois demoraram-se em pé, parados, ela ainda com as mãos levantadas. O vento os abraçou, o céu se acinzentava. Melhor andar, porque o tempo acelera. Sentado em seu posto, João não levantou os olhos para responder ao doutor Cláudio quando, nos segundos que o levaram da garagem até seu andar, perguntou como tinha sido o depoimento. "Foi como o senhor pediu, doutor".

*

Sábado, dia de visita, o terceiro final de semana com Dani presa, o segundo em que ele iria vê-la. João se arrumou e, no ônibus, repassou mentalmente o procedimento de entrada, lembrando como transcorrera a desagradável revista quinze dias antes. Sabendo como era, tudo haveria de tornar-se fácil. Mais algumas vezes e quem sabe a coisa não revivia o normal, ficar nu, agachar até peidar, engolir o destrato, ter seu dia de cachorro de rua. Só não planejara a garoa que aumentava, mas tudo bem, afinal, não tinha certeza se poderia entrar com guarda-chuva.

Ele queria dizer muitas coisas para a filha e morria de medo de não conseguir e deixar passar todo o tempo da visita. Mas quando a porta para o pátio abriu e seus olhares se encontraram, algo diferente aconteceu. João não viu a presidiária com uniforme igual às outras, de cara suja, cheirando mofo, o que viu foi sua criança correndo a seu encontro e lhe dando um abraço forte, como não lembrava ter recebido há meses, ou anos.

"Me tira daqui pai", foi a primeira coisa que ela disse, sem soltar.

Em silêncio, João fez que sim com a cabeça. Encontraram uma mesa coberta, fora da garoa.

"Estou fazendo de tudo pra tirar você daqui, Dani. O advogado entrou com um *habeas corpus* no Tribunal, não deu certo. Fui lá, acompanhei tudo".

Ela ouvia, atenta, mas ele omitiu detalhes.

"Pedi ajuda pro doutor Cláudio, fizemos um acordo. Eu ajudei ele e ele prometeu que vai ajudar. Não sei se ele vai cumprir a parte dele. Realmente não sei".

"Que tipo de acordo, pai?"

Seu João olhou pra baixo.

"Aconteceram umas coisas no Tribunal e acabei virando uma testemunha de uma investigação. Mais ou menos isso".

"Pai", ela chamou. "Não olhe pra baixo. Continua olhando pra mim".

"Minha filha, eu preciso dizer umas coisas".

Ela percebeu que as mãos dele tremiam e colocou as suas sobre elas.

"Preciso, mas não sei falar".

Dani não disse nada. O pai fitava o chão. Conservaram-se assim, mudos, ele mexendo os pés, ela brincando com os dedos. Ao redor do pátio, via-se as pequenas janelas das celas com peças de roupas penduradas. Não havia uniforme para todas as presas, o que permitia alguma mistura de cores em meio a tanto concreto. Pássaros pretos sobrevoavam livres a cadeia, entre os galhos e os telhados.

O tempo encurtava-se. Estranho e especial, o tempo na prisão, acelerando ou freando, devagar, a seu critério. Dani percebera que o riso infrequente, valioso, cansava-se rápido, fazia-se efêmero, morredouro. Há tão poucos momentos leves, e quando eles vêm o tempo se aligeira, encabulado ou culpado, há algo errado em se sentir bem nesse lugar. Em duas mesas próximas, a visita se despedia da presa. Ela tinha que avisar o pai.

"Pai, a cadeia tá tensa. Não quero te deixar preocupado, mas tá muito tenso aqui dentro. Talvez vire hoje ou amanhã, não sei".

"Como assim?", ele perguntou, assustado. "Vire o que?"

"Pode ser que dê rebelião, motim, confusão, e Deus sabe o que pode acontecer depois. Vou ficar na minha, prometo. Mas o doutor Cláudio podia ver isso logo".

Três guardas se enfileiravam na porta de entrada da galeria. Restavam poucos minutos. Por toda parte, as pessoas se aprontavam.

"Prometa que vai se cuidar, minha filha".

Despediram-se com um novo abraço rápido e apertado. Saiu consternado, e ainda assim mais leve.

*

Tô escrevendo pra agradecer tua visita ontem, pai. Você foi a única pessoa que veio me visitar. Pensei bastante no que você disse, a noite toda. Não precisa fazer nada que vá contra teus princípios, ouviu? Espero sair dessa porque não devo nada, e se a tua justiça existe em algum lugar, em algum momento, ela vai olhar pra mim, vai olhar pra nós. Não se suje por esses caras. Não sei se essa carta vai chegar até você, mas meu pedido agora é esse.

Por aqui, a confusão tá pra começar. As presas da minha cela estão pegando uns canivetes e pedaços de pau. Elas são legais, me deram algo parecido com uma faca, uma lâmina enrolada num pano, espero não ter que usar. Tô com muito medo. A guerra tá na rua. Vai virar primeiro a masculina, aqui do lado. Serraram o cadeado de uma cela lá. Quando chegar o agente pra servir a janta, um cara do pessoal do Leste vai pegar ele e as chaves. O plano é atacar a galeria B, que tá cheia de gente do grupo do Norte. E a galeria C, que só tem preso jurado de morte e estuprador. Meu Deus, que horror isso vai ser. A mulherada aqui da minha cela tá com o povo do Norte. Quando derem o sinal lá, vão virar aqui também, e elas acham que as presas do Leste vêm atrás delas. E eu que não tenho nada a ver com nada disso, vou fazer o que? Prometi que vou me cuidar, pai. Já tô ouvindo a bateção de grade na galeria do lado. Acho que começou. Queria vomitar, sumir daqui. Queria estar com você e a mamãe naquela casa da praia. Preciso parar agora. Se eu não sair viva dessa, alguém vai achar essa carta aqui escondida. Vou colocar teu endereço, João Aleluia, Tribunal de Justiça. Setor de autoridades. Tenho certeza que irão te encontrar.

*

Seu João gostava de saber dos rituais. Tanta mágica em todos eles. Fascinou-se pelo coro grego. Mas não memorizava os nomes, Antígone, Creonte, Ésquilo, Édipo, são tantos, nem tampouco as histórias, os dilemas, ius contra lex, a culpa de Édipo, a ordem na Cidade. Ele entendeu a mensagem, compreendeu a lição fundamental de que a justiça na Cidade não seria mais pura vingança, que primeiro havia as Fúrias, babando sangue, e veio a deusa, e elas viraram Eumênides, mais compassivas, ponderadas, serenas como a Justiça dos Tribunais, a fundação dos Tribunais, que coisa maravilhosa!

Não gostou da história do tal Édipo. Que justiça havia ali se ele nem sabia ser culpado de tão horrendos crimes? E se era o destino inevitável, como puni-lo? Que triste como ele pune a si mesmo, e nem assim evita a morte da mãe. Que tragédia, que erro sua própria existência. Ele não deveria ter nascido. E é inocente!

E o que diz o coro? O que pede o povo? Que ele morra, que ele morra.

Summum ius, summa iniuria. Fiat iustitia et pereat mundus. Que dor de cabeça, pensou João. Tomei cerveja demais no almoço. Vou sair daqui.

João não ouviu o resto da aula, a conclusão do ciclo de palestras.

Não ouviu o professor dizer que essa justiça, a dos Tribunais, tem o limite de nunca saber toda a história. Édipo não sabia, eis o que o derrubou. Ela não é capaz de dar conta de responder o que diz pretender responder. Quer ser força, violência e razão ao mesmo tempo. Quer servir a todos os casos com uma forma comum, mas cada caso tem seu molde e a sua própria forma. Nunca dará certo.

Também não ouviu a conclusão teatral do palestrante naquele dia, dizendo à plateia que estava prestes a contar um segredo. Uma revelação sobre a história das Fúrias, das Eríneas: Atenas, a Deusa da Razão, não transformara todas em Eumênides. Ainda há Fúrias na Cidade, e elas não foram sequer exiladas. Talvez a ideia fosse que elas permanecessem muito discretas e escondidas, seriam vistas somente aos finais das tardes de domingo, tomando chá com bolinhos em meio a resmungos e elogios à pena de morte, mas a verdade é que nos últimos tempos elas saem ao meio dia, exultando, todo dia, rosnando.

A justiça só pode estar quando se sabe do que vai por dentro, mas o que essa gente sabe do que vai em nossas vidas e corações? Lembram de Salomão, o sábio Salomão? Um coração doce, um coração gentil, é isso que ele pede. Ele pede a Deus: "concede a teu servo um coração gentil, para que saiba fazer justiça ao seu povo e saiba distinguir o bem do mal". Não é complacência, é uma razão sensível, aberta. Ele não pediu para saber tudo, o conhecimento parcial é imanente à condição humana, os limites da linguagem são o limite do meu mundo e, portanto, do meu julgamento. O mundo para nós é sempre esse ponto de observação incompleto, parcial, preenchido pela nossa própria experiência. Não há justiça que não seja imperfeita e prudente é o juiz que sabe disso.

A longa pausa para tomar seu copo d'água deixou a plateia sem compreender se havia terminado ou se ele ainda falaria mais. Mas João não estava mais lá para ouvir.

Uma boa noite para vocês, para os que ainda estão aqui.

*

Seu João soube do motim segunda cedo, ao acordar e ligar o rádio. Escovava os dentes quando ouviu a notícia. Havia agentes reféns e muito fogo, ateado em colchões, nas unidades masculina e feminina do presídio. Meu Deus, Dani. Vestiu-se rapidamente e correu para o ponto do ônibus.

Foi obrigado a descer um ponto antes, pois todo o perímetro do presídio fora cercado por carros de polícia e faixas amarelas dizendo acesso restrito. Muitas pessoas se aglomeravam no limite do cordão que impedia a entrada e gritavam os nomes de seus parentes presos. Ao levantar o olhar, João viu a coluna de fumaça preta erguida sobre os dois prédios e sentiu pavor. Na unidade masculina, homens com panos cobrindo o rosto e armados com pedaços de pau e facões iam e vinham por cima do telhado. Junto com a fumaça, subia um cheiro forte de queimado.

Andando sem rumo entre as pessoas, João viu rostos que pareciam conhecidos. Todos os rostos, de repente, soavam familiares, bem ali encontrou a senhora que o ajudara no ônibus, no dia da primeira visita que fizera a Dani, logo mais deparou com o velho pai e o filho que o acompanharam na revista.

Quando seu olhar cruzou com o senhor e o jovem, João se aproximou. "Meu Deus, o que está acontecendo, vocês sabem?", perguntou. O idoso nem conseguia falar, de tão nervoso. Balbuciou palavras. Foi o filho que respondeu.

"Disseram que começou de madrugada. Meu irmão tinha falado mesmo que isso podia acontecer".

"Minha filha também".

"Tá todo mundo nervoso porque dizem que tem muita gente sendo morta lá dentro. Aquelas mães ali, está vendo? Elas têm fotos de corpos queimados no celular".

João viu um grupo de mulheres gritando e mostrando o celular para alguns policiais que faziam a proteção do portão de entrada. Elas diziam ter direito de saber o que estava acontecendo. Uma moça mais exaltada levou uma pancada nas costas de um dos policiais e caiu no chão, de bruços.

Um helicóptero sobrevoava a área e veículos da imprensa começavam a ocupar um espaço próximo à esquina do complexo de concreto que cercava o presídio. Chegaram então carros pretos enormes que atravessaram a aglomeração em alta velocidade e passaram pelo portão de entrada. De dentro desceram policiais com o rosto coberto, armados até os dentes, enfileirados como peões de xadrez.

"Se eles entrarem, vai ser uma chacina!", uma mulher gritava sem parar, para quem pudesse ouvir.

"Olha lá, olha lá!", outra pessoa disse, apontando para o presídio. Houve muitos gritos, um cenário de filme de horror. Arremessavam corpos do alto. João não acreditava no que via. Corpos decapitados.

Ele olha fixamente para a prisão feminina, da qual só vê a metade de cima, mas distingue a fumaça preta e espessa que sobe das pequenas janelas das celas e se entrelaça ao arame farpado. Ninguém no telhado.

Impotente, ninguém os ouve ali. Ninguém sabe de nada e se reclamar, apanha. João decide correr para o Tribunal, pedir ajuda ao doutor Cláudio, a qualquer um que possa ligar para o Governador ou quem quer que fosse. Algo ele precisa fazer. Não quer pensar no pior, não quer restar inerte assistindo o pior. De costas para a confusão, a caminho do ponto, João escuta uma explosão e gritos. Vira-se. O presídio feminino queima, por todos os lados.

Corre para o ônibus e depois de algum tempo desce na praça do Tribunal. Sua aparência não é das melhores, mas já não se importa. Do alto da colina da praça do Tribunal, vê-se ao longe erguerem as colunas de fumaça preta. Algumas pessoas param, olham, comentam, parece que assistem televisão. "Pronto, agora é só cercar e deixar que morram", ouve de uma mulher, entre risos, perto da porta de entrada. João sente o ódio lhe ferver por dentro e se volta, talvez dê um safanão na cara de quem dissera aquilo, mas a moça vai a metros dele, sabia quem era, uma assessora do doutor Cláudio.

João usa o elevador de autoridades porque corre, com urgência, não pode ficar detido. No andar do gabinete do doutor Cláudio, descobre que ele só chega após o almoço. No último andar, encontra Clarissa.

"Está pegando fogo, ela está lá dentro!", e ela se assusta porque ele fala alto e estão quase na porta da sala do Presidente.

"Eu vi! Que horror! Mas fale baixo, homem, o doutor Nestor está aí!".

"Fale com ele, por favor! Peça para ligar ao governador! Estão matando gente!".

De repente, a porta se abre e aparece o senhor calvo, de bigodes brancos e olhar grave, consternado.

"Que conversa alta é essa aqui fora? Seu João, por que não está no seu local de trabalho?"

"Me desculpe, Presidente", João fala mais baixo. "É uma emergência. O senhor viu a rebelião no presídio?".

"Eu vi, mas que emergência? Não tem emergência nenhuma. Não é assunto nosso".

"Não há nada que se possa fazer, doutor? Tem gente morrendo lá dentro", insiste João.

"Meu caro, isso é um problema do Governador. Tenho certeza de que ele está tomando as providências necessárias junto ao departamento e a polícia".

João não sabe como argumentar. Os dois segundos de silêncio são interrompidos pelo doutor Nestor, que prossegue.

"Não entendo por que essa sua preocupação, João. Essa gente escolheu estar lá, ouviu? Eles não são como nós. Podiam ter andado na linha, e escolheram a vida fácil, a malandragem, a violência. Todo mundo sabe como é o sistema penitenciário. Nossos atos têm consequências. Agora volte ao trabalho. Idem para você, Clarissa. E silêncio, por favor, que preciso fazer vários telefonemas", completa.

Clarissa, sentada, ouve a porta bater atrás de si e fecha os olhos por instantes. Quando se dá conta, João está descendo pela escada de serviço. Evidente que não está bem. Tão logo fosse possível, ela iria atrás dele.

*

Enquanto desce os andares pela escada, seu João, cabineiro do Tribunal, sabe o que fazer. Não entende bem o que sente, mas sente que é pra sempre. Sai pelo saguão principal e tudo ali parece um documento da própria tolice. "Eles não são como nós", a frase reverbera. "Eles não são como nós".

Ainda na escada, envia uma mensagem de celular ao Promotor que colhera seu depoimento na sexta-feira. "Estou indo aí e preciso ser atendido imediatamente", escreve.

Ciente do potencial explosivo de sua testemunha, o Promotor o espera na porta. Por trinta minutos, refaz o depoimento e conta que sim, naquele dia o Governador permaneceu no prédio do Tribunal até pelo menos vinte e uma horas e trinta minutos. Saíram todos juntos, e ele jura que essa é a verdade. Por que mentiu na sexta? Fui obrigado, senhor. Isso também é crime, diz o Promotor. Quem lhe pressionou? Seu João conta tudo. Entrega doutor Cláudio, seu padrinho. Quando terminam, ganha um forte aperto de mãos do sujeito, que não esconde a euforia.

"O senhor acaba de prestar um grande serviço à Justiça, senhor João. Obrigado".

"Preciso pedir uma coisa. Me prendam e soltem minha filha", responde.

O Promotor não entendeu.

"Não se preocupe quanto ao depoimento de sexta, senhor. Valerá o de hoje".

"Por favor, me prendam e soltem minha filha. Se não for possível, me prendam junto com ela", e sai rapidamente porta afora.

No curto caminho de volta à praça, há um posto de gasolina e um pequeno mercado. Seu João entra no primeiro e compra um galão de gasolina, depois no mercado duas garrafas d'água e uma caixa de fósforos, coloca em uma sacola, caminha até o banheiro térreo do Tribunal. Com calma, muito quieto, tira as tampas, esvazia a água, distribui o combustível nas garrafas e esconde tudo debaixo do paletó, entre a cintura e o cotovelo.

Ninguém percebe que ele deixa derramar a gasolina devagar por todo o saguão de entrada do Tribunal. Figura peculiar, excêntrica, esquisita mesmo, como diziam os funcionários e seguranças, passa despercebido como sempre. Vai até o final do corredor e volta, deixando molhar os tapetes e móveis de madeira. O líquido entra pelos poros, encharca a velha mobília, prepara o carnaval.

Já sem medo e com a segunda garrafa praticamente vazia, seu João pára diante da enorme e luxuosa tela na entrada no Tribunal, pendurada na parede. Como é que eu nunca tinha percebido como é bela essa imagem? Deve ter pelo menos quatro metros de largura.

Há uma mulher no centro da imagem, que só pode ser Maria, com os braços abertos e o rosto voltado para cima. Ela veste azul e parece trazer uma grande notícia. João sempre olhava a pintura de relance, sem prestar atenção, e tinha como certo que deveria ser uma versão da deusa da justiça, mais uma, agora está evidente que não, agora seus olhos veem, é Virgem Maria, pois tem os pés descalços no chão e os anjos, três deles, sobrevoando. Não pode ser a deusa da justiça, se não há mais vendas, balanças ou espadas, se não há mais qualquer possibilidade de uma justa, reta e proporcional medida do que se pode entender por certo nessa vida. Há movimento na imagem e muitas pessoas ao redor, elas se movem, João tem certeza. Algumas são nítidas e outras meras sombras borradas de existência. Uma velha está próxima de Maria, com a cabeça curvada, as mãos erguidas. João imagina o que elas conversam. Bendito é o fruto do vosso ventre! Mas mantenha a cabeça abaixada, e suporte o peso do sofrimento do mundo. À direita, descendo a escada, há um homem com um cavalo cansado, e atrás dele uma trabalhadora com um cesto de roupas sobre a cabeça, também cansada, exausta, esgotada, como eu, como João.

Se eu pudesse entrar na tela, deitaria no chão com essas mulheres e homens, alguns ajoelhados, ou talvez eu fosse esse velho sem cabelos e barbas longas com um cajado e as mãos entrelaçadas. O que pediam? Por que clamavam? Eu pediria justiça, eu amaria a justiça, eu procuraria a justiça. Por que estão todos descalços? Os anjos altos e inalcançáveis acaso escutam esse povo esfarrapado? Quem sabe a mulher de túnica vermelha jogada ao chão não fosse Rosana? E a menina parecia tanto sua filha, estivemos sempre procurando, sempre esperando um sinal.

De repente João nota, um pouco mais acima, à esquerda da pintura, um velho de franja e cabelos brancos, quase escondido, olhando-o fixamente. Sim, ele está me olhando. O frio lhe percorre a espinha, fui descoberto, como se ele soubesse o que João está prestes a fazer, como se ele pudesse enxergar através da arte e sentir o peso que carrega no coração. Aflige-lhe o ar de superioridade da figura e o fato de olhar diretamente para ele, através da tela. Não parece alguém a se confiar, mas a se ouvir, ainda que não fale. É como se não estivesse na cena, ao mesmo tempo em que está. Como se tivesse consciência de que não é parte da verdade, mas de uma representação, ou que não existe todo, só pedaços, fragmentos, alguém que sabe o que está acontecendo e diz vai, João, faça o que você sabe que tem que fazer. Quem era aquele homem? Por que o olhava assim?

Com olhos molhados, risca o fósforo, joga-o ao chão, e a confusão acontece, porque se queimar lá, queima aqui, e enquanto queimar lá, vai queimar aqui. João não foge ou corre das labaredas que se erguem, cada vez mais fortes. Estou pronto. Escuto a gritaria, o alarme barulhento, as pessoas correndo atrás de mim. Escuto a sirene do bombeiro, ou será da polícia, talvez dos dois?

Quando parte do quadro cede, por causa do calor e do fogo, vai ao chão a placa de bronze que identifica a tela e homenageia o autor, "J. Jouvenet", descerrada em alguma ocasião de luxo qualquer, cheia de autoridades e rituais de pompa.

A tontura lhe enfraquece as pernas. João pensa em todos os anos que passou no Tribunal, em Rosana e em Dani, vê o presídio em chamas e não chega a saber se pensa, fala ou sussurra, mas as palavras que lhe habitam o coração são apenas "ah, tudo que amei!".

pólen bold 90 gr/m2
tipologia garamond
impresso na verão de 2023